続・「美人でお金持ちの彼女が欲しい」と言ったら、ワケあり女子がやってきた件。

著：小宮地千々
イラスト：Re岳

GCN文庫

CONTENTS

第一話　葛葉真紘という女

葛葉《くずのは》真紘《まひろ》の名前を最初に聞いたときにまず考えたのは「どういう漢字を書くんだろう」ということだった。

次に名前を聞いたときは身体的な特徴に関する数字を知らされて「マ？《マジ》」と聞き返した。

そして三度目には「うちの大学にはそんなのばっかりか」と絶句して、その後は話題に上がっても適当な相槌を返すだけとなっていた。

つまり葛葉真紘はたぬき顔の可愛い系美人で、女子アナ系の清楚な服装と雰囲気ながらもHカップの爆乳の持ち主で、ひと月で三人もの童貞と付き合って別れたという恋愛遍歴をお持ちで、一年の内に十人の童貞が彼女で大人になったとうわさされる同級生だった。

その悪名は僕の恋人であり、葛葉の友人でもある天道《てんどう》つかさに負けないくらい学内に轟《とどろ》いており、女子の反発は凄《すさ》まじいけど、彼氏の姿が長く途絶えたことはなく、うわさを知りつつも自分だけは別と考える童貞も後を絶たない――。

つまりは葛葉もまた悪評なんてどこ吹く風の無敵な存在に見えた。

とは言っても僕は今年の梅雨には天道と婚約して彼女につきっきりだったし、夏休みには晴れて恋人同士となって童貞も喪失した（すごかった）。

だから葛葉真紘は恋人の友人である同級生以上の存在ではなかったし、今後も僕から積極的に関わる気はなかった。そのつもりでいたんだけども。

「ねーえ、志野《しの》クンって、つかさちゃんとまだ付き合っとーと？」

「え、うん、そうだけど」

女子の反発に一役買っている強めの訛《なま》りで聞いてきた葛葉は、講義中にもかかわらず必要以上に身を寄せてくると楽しげにその大きな目を笑みの形に細めた。

こっちはそのでっかいお持ち物が当たらないように窮屈な姿勢を強いられてるのに。

なんだろう嫌な予感がする。具体的には天道が僕に抗《あらが》えないタイプの企《たくら》みをしているときに抱くのと同じ予感が。確実に吹いてきている、僕に都合の悪い風が。

「そっかぁ、ちょっと残念かねー」

友人が彼氏と上手くいっているなら普通は祝福するところでは？

口に出したら藪蛇《やぶへび》になりそうな言葉を呑《の》みこんで、僕はこの嵐が一刻も早く過ぎることをただただ天に祈った。

「それじゃーあ、ウチともこっそり付き合ってみん？」

「ええ……？」

もちろん、悪い予感の通りに、そんなささやかな祈りは粉砕されるのだけど。

§

「――真紘、伊織《いおり》くんを困らせるのはやめてくれる？」

まだ残暑の過ぎ去らない九月の午後、日陰になったテラス席で天道は対面に座った葛葉へ初手で鋭くも切り込んだ。

ただし、声や表情にさほど険《けん》はなくて、なるほど悪女の利害の一致による互恵関係とかではなく二人は本当に友人だったんだな、と思わせる。

「えー、そがん《そんな》ことしとらんよー？」

そんな天道の追及に、葛葉もあくまで愛嬌《あいきょう》のある笑みを崩さぬままのんびりとした声で答えた。それがかえって底知れぬものを感じないでもないけど。

まぁ、思っていたほどの修羅場《しゅらば》にはならなそうで少しホッとした。

そんな経験ないし、僕のために争わないでとか言いださなきゃいけないのかと血迷いそうだったからな……。

「浮気に誘っておいてよく言うわね？」

「そがんつもりもなかったとってー、怒らんでー？」

「じゃあどんなつもりだったんだよ……」

しかし文句のつけようのない美人の天道と可愛い系の葛葉がきゃいきゃいやってると、それだけで周囲の視線も集まる。

顔面偏差値の高さは暴力的な圧があるし、多分なんか映《バ》え系成分ふくんだマイナスイオンとかも出てるんじゃなかろうか（適当）。

これがもっと穏やかな話なら僕も呑気《のんき》にしてられるんだけどな……。

「いい？　伊織くんはね、まともな人なの」

「ウチらと違《ちご》うて？」

「そうよ」

「あはぁ、つかさちゃんがそがんこと言うと面白かー」

「笑いごとやな――じゃないんだけど」

釣られて訛りそうになって苦い顔で訂正する天道に、葛葉は「ニヒ」って感じの笑みを浮かべた。

「ねーね、今なんで言い直したとー？　ねーえ、つかさちゃーん？」

「別に、なんでもいいでしょ」

葛葉の出身は長崎らしいけど、訛りに福岡との共通点は多いし、ついでに彼女ののんびりした話し方のせいか妙に耳に残って引っ張られるんだよな……。

「なーん？　つかさちゃんいつもウチと二人んときそがん話し方せんとにー」

「なら二人っきりじゃない今は、普段と違ってもおかしくないでしょ」

そして思いっきり食いつかれて、天道はやや主導権を失いつつあった。

うーん、ゆるふわ侮《あなど》りがたし。

「でも別にー、伊織クンも困っとらんよねえ？」

「いや、困ったからつかささんを呼んだんだけど？　あとしれっと名前呼びすんのやめてくんないかな」

「えー、でもつかさちゃんは呼んどーし、伊織クンって自分の名前好かんと？」

あ、その人は僕の（大切な）彼女なんでいいです。

「そりゃ彼女だし。あと名前が嫌いなんじゃなくて、よく知らない相手に名前で呼ばれるのがイヤなんだよ」

とはいえ正直なところ最近は天道に日常的に呼ばれているせいか、あんまり気にならなくなってきたのはあるんだよな。ふざけて「いおりん」呼びしてくる連中は変わらず処《しょ》したいし、葛葉が呼ぶのは釘を刺しておきたいけど。

「ならウチのことも知ってくれたらよかたい！」

うーん、話を聞こうという気が見られない。

「だめよ、彼女の私だけ特別なの」

そして修羅場（？）に際してちょっと気合の入ってた天道が、僕の一言でドヤるのがちょっと可愛かった。

「えー、ならウチも彼女にすればよくない？」

「「よくない」」

この人の頭どうなってんの、と天道に視線をやると黙って首を横に振られた。

ダメみたいですね……。

「なんー？　目で通じ合ってー、二人ともアツかねえ」

「そう思うのに浮気に誘うのか……」

しかしなんだろう、初期の天道とはまた違った方向で話の通じなさを感じるな。

もしや顔が良い女は人の話を聞かない傾向がある可能性が存在する……？

「あとね、真紘。言っておきますけど伊織くんはもう童貞じゃないから、アナタの趣味からは外れるわよ」

「その情報って言う必要あった？」

事実だけどさ、それでも非童貞アウティングはやめてほしい。

そして「私が食べました」みたいに胸張って言えるのもすごいな……。

いや僕らの年齢なら全然不自然じゃないし、むしろ付き合いの長さ的にもそうじゃないほうが驚かれるだろうけど。

「えー？　ホントにー？」

「え、なんで疑われてんの」

「だってねえ、つかさちゃんって童貞好かんかったとよ？」

「伊織くんは初めての恋人なんだから、そういうのは例外に決まってるじゃない」

「そもそも葛葉はなんでそんなに童貞にこだわるんだよ……」

男にとっての処女と違って童貞ってあんまり評価されないっていうか、そもそも天道の友達なのにどうして僕の貞操がまだ無事だと思えるのか。

なにせスキンシップの延長でセックスに誘ってくるからな？　まぁ美人でえっちな彼女とか男子的には熱烈歓迎要素でしかないんだけども。

「えー、ウチがこだわる理由？　あんね、童貞くんって面倒くさかろ？　本当はえっちかことにバリ《とても》興味あるとに、そがん目で見たらいかんみたいにしててね。ウチのおっぱいチラ見したあとで申し訳なさそうな顔したりするとよ」

「それ以上いけない」

「なんで？」

かつては童貞であり非童貞の今でも共感できるから心に来るぞ、その物言いは。

事実だけど。いや事実なだけに、と言うべきか。

「というかそれ、むしろ敬遠する要素でしかない気がするんだけど」

「ううん、違うと！　そい《それ》がよかと！　ウチね、そがんところが好きと！　こうね、女神さまになった気分って言えばよか？　ウチのことで頭いっぱいにしてくれて、あい《あれ》がしたかこい《これ》がしたか、でも嫌われんかなーって顔されると胸がキュンッてなって、もうなんでもしてあげたくなると！　そいでね、伊織クンってつかさちゃんと付き合ってからもそがん感じやけん、気になると」

「聞きしに勝るやベー女じゃん……」

なにその歪《ゆが》んだ母性……母性かな？

なにをどうやったらこんなゆるふわモンスターが生まれるんだよ。

あとちょっと早口になってるのがガチすぎる。

ついでにいつまでたっても童貞くさい（意訳）と言われて反論できないのも辛い。

「これだから真紘はあんまり紹介したくなかったのよね……」

ドン引きの僕の隣で、天道も苦々しい表情で眉間を押さえる。

それは天道も僕が葛葉の好みの童貞っぽいと思ってたってことかな、辛い。

しかしこんなにげっそりしてる彼女の姿を見るのは珍しかった。僕がデリカシーのない発言連発したときでもここまでじゃないぞ。

「――あのさ、つかささん。こう言うのはどうかと思うんだけど、友達は選んだほうが良くない？」

そりゃあ交友関係は人それぞれだけど、もうこれはちょっとフォロー不可能なレベルじゃないかな。

「伊織くんの意見はわかるんだけど……私に言えたことじゃないと思うのよね」

「ハハッ――いたいいいたい」

一理あるなと同意したら、掌《てのひら》ごとテーブルをバンバンされた。

「あとね、本当にこれ以外はいい子なの、本当に」

「大丈夫？　それドメスティック《D》・バイオレンス《V》被害者みたいな心理になってない？」

「大丈夫、だと思うんだけど、少し自信なくなってきたわ……」

「ふふふ、二人ともホント仲よかねー」

「そう思うなら引き裂こうとするのはやめてもらえないかな……」

「そうよ、伊織くんは私に夢中なんだから、ちょっかいかけないで」

事実だけどもちょっと声大きくない？

いや、説得には必要な気がするし、さりげなく恋人つなぎしてくるのは可愛いから止めないけどさ。

そんな僕らの手元を眺めていた葛葉がなにやらちょっと切なげなため息をついた。

「んー、でも別にね、ウチも二人に別れてもらいたいとかじゃないと。こっそりって言ったのは冗談でね、ただちょっとつかさちゃんが羨《うらや》ましかけん、おすそ分けしてもらえんかなーって」

「冗談にしてはたちが悪いと思うんだけど」

「私、恋人をシェアする趣味はないわよ」

冗談（本気）とか、おすそ分け（略奪）とかそういう括弧《かっこ》がつかない？　それ。

「そもそも真紘、夏前にまた彼氏できたって言ってたでしょ？　どうしたのよ」

「んっとね、やっぱりダメやった。あははー」

それまでどんなツッコミにも動じず笑みを浮かべていた葛葉の顔が曇る。

スマホを取り出した彼女はすっすっとフリックを繰り返して、大きなため息をついた。

「ちょうど二十人目やけん、今度こそって思っとったとけどねー……」

「──そう、残念ね」

一瞬「あ、そんなもんか」って思ったけどこれ僕感覚おかしくなってるな。

経験人数か彼氏の数かは知らないけど二十人は十二分に多かった。

あとなんだろう、天道もだけどスマホに記録付けるのって流行《はや》ってんの？　それとも僕が知らないだけで普遍的な女子のお作法なの？

疑問が尽きない。

しかしまあ葛葉にとっては深刻な悩みかもしれないけど、それで僕にちょっかいかけられても普通に困るんだよな……。

「……あの、聞いていいかわかんないけどさ。僕らが羨ましいとか、そもそもなんで葛葉は彼氏と別れたの？」

彼女がごく短いサイクルで付き合ったり別れたりしているのはうわさで聞いているけど、そのはっきりした理由までは知らない。

童貞にとって色んな意味でヤバイ存在なのは間違いなさそうだけど、今話していても自分から浮気をするようなタイプとも思えない。

いや、なぜか僕は誘われたけど、葛葉本人は今現在はフリーだし。

「あ、つかささんとは別れる気もないし、葛葉と付き合う気も断じてないから、無理に話してとは言わないけど」

狙われているらしき身で首を突っ込むのもどうかとは思うけど、それと同時に彼女が天道の友人であるのも確かなのだ。

二人とも思い込みが強いから、ちょっと男子の視点でなにかアドバイスできるんじゃないか——なんて考えは彼女持ちになった余裕だろうか。

うぬぼれてないか？　なんて自意識の刃に心の内臓を刺されつつも、まぁちょっとできることがあるなら、とも思う。

「まぁほら、男子の意見が役に立つかもしれないしさ」

それで僕以外の誰かと上手くいってくれれば言うことなしだしな！

「ん、ありがとね伊織クン……つかさちゃんには話したけど、聞いてもらってよか？」

「いいよね、つかささん？」

「ん、そうね」

横目で天道を見るとなにか言いたげな表情をしたあとで、それでも小さく頷《うなず》いた。

何だろ、珍しく煮え切らない感じだけど、これ以上まだなにか驚くことが待ってるんだろうか。

「ウチね、ちょっと惚《ほ》れっぽいみたいで、さっき言《ゆ》うたみたいに童貞くんと仲良くなるとどうしても気になるとね。そいけん《だから》ウチから告白して付き合ってもらうと」

「うん」

まぁいかにもぐいぐい行きそうな気配はしてたし、まったく意外じゃない。

特に最近の拗《こじ》らせた童貞なんかはもう女の子の方から迎えに行かないとダメみたいなところあるしな（実体験）。

「そいでね、我慢させるのも可哀想やけん、えっちは好きなだけさしてあげて、デートとかの予定もぜーんぶ相手に合わせて、お弁当とかも作るとね。あ、ウチお嫁さんになりたかけん家事は得意で、尽くすのも嫌いじゃなかと」

……なんかちょっと雲行きが怪しくなってきたぞ？　お嫁さんとか言ってるのは可愛かったけどさ、と思ったら天道に手の甲をつねられた。エスパーかな？

届け、天道の方が可愛いけど、という思い。

「……ねえ、ちゃんと聞いとる？」

「聞いてる聞いてる」

「ならよかけど……そしたらね、最初のころは女神とか天使とか言うてくれとった彼氏が付き合ってるうちに素っ気なくなると！　ウチのこといやらしいとか、えっちのときにもひどいこと言いだすと！　そいで他の女の子ば目で追ったりね！　よそ見もするようになるとよ！　ひどかと思わん!?　別れてもしょんなか《しかたない》よね!?」

　なるほど？

「……つかささん、これさ、言いにくいんだけど」

「ええ、まぁ真紘にも原因が全くないとは言いづらいのよね……」

「えええええ!?　なんで!?　なんでそがん友達ん甲斐《がい》なかこと言うと!?　つかさちゃんひどかー！　伊織クンも冷たかー！」

　天道に同意を貰えてホッとするも、葛葉には納得いかない反応だったらしい。

　裏切られた、みたいに言うけど、全力で都合いい女ムーブをしておいて、相手が乗りはじめたらはしごを外す葛葉もけっこうひどいんじゃないかな……。

　いや確かに彼氏側も自制すべきだろうけど、童貞をこんな美人がちやほやしたら調子に乗るのも無理はない気がするんだよな。

「やー、でもやっぱり女子との接し方を知らない童貞を甘やかすのは良くないんじゃないかな」

　男子側に立ちすぎた考えかなあ、でも理屈で言えば原因はそうなりそう。

　もし天道がそんなキャラだったら、ひょっとしたら今ごろ僕だってネチネチ過去を掘り返すモンスター彼氏になっていた可能性もあるしな。

「だってみぞかもん！　甘やかしたくなるのはしょんなかと！」

「ええ……あとまぁ、その彼氏の変節も問題だとは思うけど、それについて葛葉は途中で話しあったりしたの？」

「せんよ？　だってウチのこと好かんくなったけんそういうことしよーとよ、だけんウチも好かん」

「うーん……」

視線を向ければ天道も再び黙って首を振った。

よし、駄目だな、これは！

「なるほど――じゃあいつか葛葉もいい人に出会えるといいね、それじゃ」

「えええええええ!?　なんでぇ？　なんでそがん急に興味なくすと!?」

「や、だって葛葉、全然人の話を聞く気ないじゃん……」

「こういうときは『キミは悪くないよ、そうだね』って言うて！」

「なんで僕がそんな心にもないこと言わないといけないのさ」

「ウチの相談に乗ってくれる男の子はだいたいそがん言うてくれたとに!?」

それは多分、下心があったからじゃないかなあ。

「まあほら、これで僕と葛葉の価値観の違いもわかったんじゃない？　ひとまず友達の彼氏に粉かけるみたいな不毛で頭おかしいことはやめようよ」

「――ねえつかさちゃん、伊織クンっていつもこげんひどかと？　ウチ頭おかしいとか面と向かって言う人知らんよ？」

「伊織くんの言い方は辛辣《しんらつ》だけど、内容はもっともだと思うわよ？」

「う～……じゃあ付き合ってって言わんけん、伊織クンも友達になってくれん？」

何が「じゃあ」なのか、あとそれ「最初はお友達から」的なニュアンスじゃない？

「つかささん、これって信じて大丈夫？」

「そうね――ねえ真紘、言っておくけどこういうときの伊織くんの血も涙もなさは徹底してるから。変な期待を持ってたら心に消えない傷を負うわよ」

「え、待って僕の評価がひどい」

「つかさちゃん、そがん人のどこが好きと？」

真顔で聞くのやめろ。泣くぞ。

「だいたい全部だけど、悪い？」

そして天道も落として持ち上げてくるの感情の置き場に困るからやめてくんないかな。

もっと素直に喜べるときに言ってほしい。

「えー、そがん言えるとよかねえ、羨ましかぁ……ウチね、つかさちゃんが大事にされとるけん、何が違うとかなあって気になったと」

そうして訥々《とつとつ》と語った葛葉のそれこそが、どうにも本心のように思われた。

まぁ人にはそれぞれ事情があるわけだ。共感できるかどうかは別として。

「ごめんね、伊織クン、つかさちゃん。でも仲良くしたかとはホントやけん」

「うーん……」

天道という恋人がいる以上、他の女の子の事情に深入りはしたくない。

深入りはしないけども天道が縁切りするのでもないなら、友人くらいまでは、まぁ……。

「私はいいわよ、真紘には助けられたこともあるし」

「あぁ、あんしつこかった童貞くん？　あれくらい恩に着んでもよかとにー」

ただ、今ふり返ってる思い出とかは別に知りたくなかったかな……。

「——まぁ、つかささんの友達だし、僕もまぁ友達付き合いくらいなら、うん……まぁ……うん、うん……」

「伊織くん、そこまで悩むなら断った方がいいんじゃない？　私に義理立てしてくれなくてもいいわよ？」

「いや、大丈夫……うん、大丈夫、うん、いいよ」

「ホント？　よかったぁ、友達にもなりたくないって言われたら辛かもんね」

さりげなくエグいけん制球放ってくるな……。

実に断りづらい。これが全部計算だったとしたら天道より手ごわくないかな。

まぁでも何事も経験だろうし、そもそも完全に無視するのでもない限り、知人と友人の境界なんて曖昧《あいまい》なものだしな。

「じゃあ伊織クン、握手ね？」

「あ、うん、いいよ」

差し出された葛葉の手を握り返すと、天道とはまた違う柔らかさを感じた。

そうして無言でふにふにと手を握りしめてくる彼女に、あ、これなんか覚えがあるなと思った直後。

「あんね、伊織クン。こんあとちょーっと静かなところで、二人だけでもお話しせん？」

「ヤダー！」

「真紘？」

案の定、嫌な粘度を感じる言葉がきて、恥も外聞もなく僕は手を引っ込める。

そうして僕と天道は共同で、葛葉に一週間の僕への接近禁止を言い渡すことになった。

第二話　事情を知ってる彼女の友人がぐいぐい来る

「――伊織《いおり》クン、隣の席、よか？」

葛葉真紘《くずのはまひろ》が講義前に声をかけてきたのは、律儀《りちぎ》にも一週間の接近禁止期間が終わった日のことだった。

今日も今日とて彼女はアッシュグレージュのゆるふわロングに女子アナ風コーデをばっちり合わせて、清楚系ながらもあざとい雰囲気を醸《かも》し出している。

童貞でない僕を標的と定めたらしき葛葉のそんな動きに、彼女のうわさを知っているらしき面々を中心にして大講義室にざわめきが広がっていった。

「え、やだ」

そして僕の拒絶の一言でそれはさらに大きくなる。

「んんん～～～」

何とも言えない声をあげた葛葉は、僕の隣の席に視線を向けると花が咲いたような笑みを浮かべた。

「ねえ、神谷《かみや》クン？」

「アッハイ、なに？　葛葉さん」

「おいやめろ、かみやんは関係ないだろ」

友人であるかみやんこと神谷大輔《だいすけ》（童貞）に卑怯《ひきょう》にも目を付けた葛葉は、僕の制止の言葉も聞かずに続ける。

「ちょっと席ば譲ってもらってもよか？　今度お礼するけん」

「ハイヨロコンデー」

「待った葛葉。僕の友達には手を出すな、隣に座っていいから」

あわてて二人で使っていた四人掛けの机の端を空ける。

荷物は足元に放り込んで左の席からかみやん、僕、葛葉の荷物、そして葛葉といった配置だ。

「あ、よか？　ありがとね」

「白々しい……！」

ぎぎぎと歯ぎしりする僕をあざ笑うように、葛葉は本当に席を譲ってもらっただけみたいな顔してペンケースを取り出しているのがなお腹立たしい。

「――なぁ、しのっち」

「言いたいことはわかるよ、かみやん。でもだめだ」

そりゃあ確かに葛葉はちょっといないくらいの可愛い系美人だ（まぁ天道ほどじゃないとは言わせてもらうけど）。

さておき童貞食い捨てモンスターであることは当人も自白してることで、みすみす友人がその毒牙にかかるのを見過ごせるわけがない。

「いつか、いつかきっとかみやんにも可愛い彼女ができる日が来るだろう。でも今日じゃあないんだ」

というか少なくとも初カノに葛葉はやめた方がいいと思うんだ。ガチで。

「でもさぁ……」

「冷静になった方がいいって。仮に葛葉と仲良くなって付き合えたとしても、どうせ梅原《うめはら》みたいに一か月もたたずに捨てられて、そのあとずっとこんな元カノ基準で女子を見ることになるんだぞ。不幸だよそれは」

「伊織クン、人を指さすとはお行儀わるかよ？」

「あ、ごめん」

「ウメかぁ……それを言われるとちょっとなあ」

どちらかというとかつては僕らサイドだった同学部の友人の名前に、かみやんも痛ましそうな表情を浮かべた。

思い出しているのだろう、今ではすっかり似合わない金髪とハイテンションで女子に声をかけてまわる彼と、かつては呑気《のんき》に非モテトークを繰り広げていたことを。

もう、決して戻ってこないあの日々を。

「そっか、そうだな——いやでもやっぱつれぇわ、そりゃしのっちは天道さんがいるからいいけどさ」

しかし、それでもなおかみやんは諦めきれないようだった。

天道とかいうS級美人（ポリコレ違反）を彼女に持つ僕に言われてもなあという主張も理解できる。

「こ、今度つかささんに友達紹介してもらえないか聞いておくからさ」

「マ《マジ》？」

「……マ」

とは言ったけどこれ僕の弾除《たまよ》け代わりに、かみやんに葛葉を紹介すればいいじゃない、とか言われないかな……。

恋愛絡み、まして他人事《ひとごと》だと天道がどう出るかは未知数すぎて読めないな。

「ってか、天道さんって女子の友達いるん？」

「うん、多少は?」昔の僕と同じ感想だな……。

「そっかー、じゃあ俺どうせならオタクに優しいギャルがいいなぁ」

「うーん、それはいないかもなあ……」

そもそも実在してるのかなあ、オタクに優しいギャル。

「ま、あんまり期待しないで待ってて」

「なんの希望もないよりいいからヘーキヘーキ! やー、やっぱ持つべきものは彼女持ちの友達だわー」

天道と付き合ってから冗談交じりとはいえ態度を変えた友人も多い中で、かみやんは本当に善人だよなあ。

どうしてこれで女子にモテないのか(男子特有の友人評)。

「ふふふ、二人とも仲よかねえ」

あとなんで葛葉がちょっとご機嫌なのか。

微妙に背筋が寒いんだけど本当に何が琴線に触れるかわかんないな、このゆるふわモンスターは……。

「あ、そうだ。二人ともお菓子食べん? こい《これ》ね、秋限定のマロン味でおいしかと!」

「え、なに急に」

「いいけん、食べてみてってー」

放っておいたら頬をつかれそうなくらいに、ぐいぐいと棒状のチョコレート菓子を差し出してくる葛葉の圧に負けて、一本を手に取る。

「うん。普通にうまいね」

「あ、俺これ好きだわ。なんかこう、モンブランっぽい感じ？」

「ねー、そうやろー？　神谷クンはもう一本よかよ」

「アッハイ……ところで、葛葉さんとしのっちって何かあったん？　今までとくに絡みなかったよな？」

「や、ちょっと説明しづらいんだけど……まぁつかささんの友達だからかな。葛葉がなんんの気まぐれなのかは知らないけど」

「えー？　気まぐれじゃなかよ？　あんね、伊織クンにちょっとウチとも付き合わん？って話しとると。ねー？」

自分でもよく呑《の》み込めてない事態を真っ正直に説明してもなあ、という僕の思惑は葛葉にあっさり打ち砕かれた。

「はい？」

そして彼女の発言が理解できなかったらしいかみやんが、背景に宇宙背負ってそうな表情になった。実に正しい反応だと思うよ。

「その話終わってなかったんなら、他人ってことにさせてもらっていい？」

「あ、そうやった、友達からやった。ごめんねー」

ははーん、これは絶対わざとだな？

そして「から」ってことはやっぱりまだ諦めてないのか。

心の警戒レベルを引き上げていると、かみやんが再起動した。

「え、これ、天道さんに怒られね？　大丈夫なん？」

「あ、葛葉が声かけてきたのはつかささんも知ってる。それで一週間の接近禁止だったんだけど、今日明けて早々に声かけてきた感じ」

「――これもうわかんねぇな」

それからしばらくの間「女子ってわかんねえわ」と繰り返すかみやんの姿が仲間内で話題になり、残念ながら天道の友達にオタクに優しいギャルはいなかった。

§

むー、むー。

「それで、結局大丈夫だったの？」

「ん、かみやんにはその後接触させなかったし、葛葉本人にも重々《じゅうじゅう》言い聞かせたから大丈夫じゃないかな」

「私が心配なのは伊織くんなんだけど……むしろ神谷くんに真紘と付き合ってもらったら？　案外上手くいくかもしれないわよ？」

「僕はね、つかささん。『かもしれない』で友達をヒモなしバンジーさせるような男にはなりたくないんだ」

「そこまで深刻な話？　女の子と一度付き合ってみるのって、上手くいかなくても悪いことじゃないと思うけど……」

むー、むー。

「一般論ではそうかもしれないけど、今回はそうじゃないと思うんだ。あんな危険人物と付き合ったら一発で性癖が歪《ゆが》むよ」

実際に梅原っていう実例もあるしな。

そもそも経験者の「そんなに大したことない」ほどあてにならないものもないし。

未知との遭遇はいつだって大変なものなのだ（経験談）。

「確かに真紘の趣味はちょっと変わってるけど……」

「ちょっと？」

「……だいぶ変わってるけど、そこまで危なくはないと思うんだけど」

「それ、僕の目を見て言える？」

「いいけど、キスしたくなったら責任取ってくれる？」

「目が合ったら噛《か》みついてくる野生動物みたいじゃん……」

唐突な先祖返りかな？

時と場所は考えてほしい、人目がどれだけあると思ってるんだ（戦慄）。

むー、むー。

「……ごめん、つかささん。ちょっとスマホ見てもいいかな？」

「ええ、もちろん」

そうしてさすがに無視し続けるのも限界になったので、先ほどから振動し続けているスマホを取り出し、通知欄で送り主を確認してスムーズにサイレント通知設定に叩き込む。

ヨシ！

「で、話は戻るけどさ。やっぱりこうやって彼女と二人きりのところに割り込んできた上に、スマホで密談しかけてくるのは危険人物としか言い表しようがないと思うんだ」

そして同じテーブルにあとから押しかけてきた上、会話に加わらず密《ひそ》かにメッセージを送ってくる厄介ムーブをしてきた葛葉を親指で指し示した。

「えー、だってこうでもせんと伊織クンがウチのこと無視するけん、しょんなかたい《しかたない》」

「いや、普通に話振ってくれたら無視はしないって」

しかし当の葛葉はまったく悪びれずに、てへぺろ、と舌を出した。

実にあざとい。早くも連絡先交換したのが悔やまれてきたな……。

「真紘、変なのを送ってないでしょうね、えっちな自撮りとか」

「そがん《そんな》危なかこととせんよー。あ、伊織クンが広めるけん危ないって意味じゃなかよ？落としたりとか、誰かがスマホのぞいたりとかあるけんね？」

「や、別にそこはいいけどさ、当然の備えだし」

天道といい葛葉といい、えっちな自撮りに対するこのリテラシーの高さは何なんだろうな。過去に何かあったんだろうか。

まぁ別に悪いことではないんだけど。送られても困るし。

ただその前に二人は、自分たちの過去の異性関係が学内に知れ渡っていることをもう少し気にするべきでは？

「伊織くん、それで真紘は何を送ってきたの？」

「や、別に普通のメッセージだよ、逆になんでわざわざスマホ経由したのか聞きたいくらい普通」

「ふうん……ちょっと貸してもらえる？」

「いいけど……」

こんなので邪推されてもたまらないので画面を見せると、思っていた以上に天道がくいついてきた。わりと珍しい反応だ。

友達だからと基本的には擁護《ようご》姿勢だけど、それはそれとしてやはり脅威として認定もしているのだろうか。

心配しなくても多分浮気はしないけどなあ、まして葛葉相手にと思いつつそのままスマホを手渡す。

「伊織くんは恋人のかわいいヤキモチくらい受け入れてくれるわよね」

「まぁ、たまにならね？」

例によって内心が顔に出ていたのか、天道はちらりと意味ありげな視線を送ってきた。

けどヤキモチやくならいっそ永遠に葛葉を遠ざけてくれた方が困らないんだけどな。

いや、むしろ天道のこの態度を理由に僕から断ればいいのか？

「ねーねー、伊織クンってスマホに見られて困るものないとー？」

「え？　そりゃ好き好んで見せたくはないけど、まぁつかささんなら別にいいかなっ一番他人に見られたくないのが天道とのチャットログとか、位置追跡アプリの存在だからなあ。本人相手だといよいよ隠すべきものがなくなってしまう。

「ふうん、じゃあ次にウチも見せてもらってよか？」

「やだよ。『つかささんなら』って言ったじゃん」

「ねえ伊織くん、私のこと普段からもっとお友達に自慢してくれてもいいのよ？」

「つかささんも関係ないログは見ないでほしいんだけど？」

趣旨が変わってないかな。

何を見てそんなこと言い出したのか知らないけど、彼女じゃなくて婚約者のころだったら許されないとこだぞ。我ながら前後が逆な気がする。

「ありがと、もういいわ」

「あ、うん」

天道からスマホを受け取ると、彼女はそのまま今度は僕の手を取ってなにやら握ったり撫でたりと手遊びをはじめた。

その柔らかですべすべな手に心拍数が上昇するのは変わらないけど、こういうちょっとバカップルみたいな触れあいには多少慣れてきた。

最近だとちょっと微笑ましさを覚える余裕さえ出てきたくらいだ。

「ふふ、二人ともホント仲よかねえ」

「そう思うなら本当に僕のことはそっとしておいてくんないかな……」

「そうよ、真紘がいたらシャイな伊織くんがいつまでもキスしてくれないでしょ」

「や、葛葉がいなくてもここでは遠慮したいんだけど」

普通に人目もあるし。

あとその言い方だと僕が天道といちゃつきたくて葛葉を遠ざけようとしているみたいになるからちょっとやめてほしい。

「えー、ウチのことは構わんでよかよ?」

「こっちが大いに構うんだよなあ」

「そもそも真紘はなんでこんないたずらしたのよ」

あ、少し建設的な流れになりそうだ。

ちらりと視線を向けると顔だけじゃなくて内面もたぬき説が出てきた葛葉は、わざとらしく小首をかしげて「んー」と小さく唸《うな》った。

「ちょっとね、伊織クンがつかさちゃんと話しよるときにスマホをどがんするかなあって気になったと」

「人を試すのは普通にやめてくれないかな……」

キリスト教の単位取ってないんだろうか。汝《なんじ》試すことなかれってご存じない？

やっぱり天道は一度友達付き合いを考え直した方がいいんじゃないかな……。

「だってー、付き合っとったら男の子って、一緒におるときでもスマホ見ながら話したりするようにならん？　ウチあれが悲しかと」

「それは個人の問題じゃないかな……」

付き合っているかどうかじゃなくて、友人間でもやるのとやらないのとに分かれるし。

ちらりとほかの席に視線をやれば、二人組がそろってスマホぽちぽちしてるのもいるくらいだ。あれってなんなんだろうな。

たまたまどっちにも急な連絡があったのかもしれないけど、ファミレスとかだとスウェット姿の女子ズがずっとそれぞれスマホ弄《いじ》ったりしてるよな（偏見）。

「えー？　つかさちゃんならわかろー？」

「経験談ってことなら、初カレの伊織くんがそんなことしないからわからないわよ？」

「ええー？」「へ？」

「……どうして伊織くんも驚くのよ、キミ以外とは本当に割り切ってたんだから」

「アッハイ」

その程度の付き合いも他の男子とはなかったのかとちょっと驚いて、恨めし気な視線を貰ってしまった。

　まあでもその初カレとの前に九十八人ほどと深い関係をお持ちになってるんだけども！

「えー、あの法学部の人とは付き合っとらんかったと？」

「うぐ」

　そして葛葉は過去を掘り返してコラテラル致命傷を与えてくるのはやめてほしい。

　僕への単体攻撃で即死攻撃な通常攻撃だぞ、それは。

「何を勘違いしてるのか知らないけど、違うわ。あと伊織くんの前で昔の話はやめて」

　思わず呻《うめ》いた僕を見て、天道はぴしゃりと葛葉の言葉を否定すると、絡めた指にきゅっと力を込めてきた。

　ここで気にしてないよ、ってさらりと言えればいいんだけど、まだ今の僕では嘘になってしまう。

　なんて言ったものかなあ、と思いつつひとまず天道の手を軽く握り返すことで、健在（ノーダメージとは言ってない）をアピールしておいた。

「えー、別に適当に言ったんじゃなかよ？　ウチ本当にそがん思《そう》ったと。それにもしそうでも隠すことでもなかろー？」

「それでも、よ。彼が聞きたいならともかく、そうじゃないのに聞かせる必要もないじゃ

ない。そもそも勘違いだし」

極々真っ当な、そしてそれだけに有無を言わさない強い調子の天道の言葉に、さすがの葛葉もゆるふわな雰囲気をひっこめた。

「んー……わかった、ごめんね。伊織クンも」

「……うん、まあ、いいよ。こういうラインって人それぞれだし、葛葉も他意はなかったんだろうし」ないよね？

あったらちょっとあれだけど、こうも素直に謝られてしまうとこちらも追及しづらい。

天道の過去を積極的に掘り返す必要はないと思っているけど、それを気にして一々ダメージを受けるのは自分でもどうにかしたくはあるし。

まぁそれにしても、葛葉は童貞好きって言う割には違う意味でも特攻持ってないかな、チクチク心を抉《えぐ》ってくるぞ……。

「まぁ、もし聞きたいことがあるなら、僕がつかささん本人の口から聞くよ。それだけ覚えててほしいかな」

「ん、わかった、気をつけるけん」

「そうよ、気をつけて。伊織くんはコアラくらい繊細なんだから」

「もうそれはいいから」

別にタフな男を気取りたいわけじゃないけど、あんまり打たれ弱いって強調されるのも男子的には複雑だぞ。

あと一般的にコアラに繊細なイメージある？

実は意外と目つきが悪いくらいの印象しかないんだけど。

「あー、じゃあ話戻るとけど、一つ聞いてもよか？　さっき伊織クンなんですぐにスマホ見んかったと？　ウチからって知らんかったよね？」

「え、だってつかささんと話してたし」

当たり前では？　それこそ家族になにかあったとかの緊急事態ならまず通話だろうし、それ以外なら目の前の相手より優先する理由がない。

「さっきも言ったけど、そこらへんは個人の問題じゃない？　僕はそういうの気になるから、その辺は友達相手とかでも変わらないよ、多分」

天道も家が厳しいからか同じように話している最中は基本スマホは放置だ。

なんなら他のところで僕はお行儀悪いってたまに言われちゃうけど。

「ふうん……つかさちゃんよかねえ、うらやましかー」

葛葉の言葉は「しみじみと」って形容がぴったりだった。

まだ短い付き合いとはいえ、天道の友達である彼女もそのあたりの意識は同じようなもんだと思ったんだけど、そんなに元カレとは合わなかったんだろうか。

「何度でも言うけど、伊織くんは絶対にダメよ」

「もー、ウチは人の彼氏に手を出したことなかってー」

「それ、頭に『まだ』とかつくやつじゃないの？」

藪蛇《やぶへび》っぽいなあという天道の釘刺しに、案の定な返しが来たので話を逸《そ》らすと、ちょうどチャイムが鳴った。

「っと時間だ。行こっか」

「ええ」

いつまた話の雲行きが怪しくなるかわかったものじゃないと二人を促すと、つなぎっぱなしだった天道の手がほどける。

「ね、ね、つかさちゃん、このあとって暇しとらんー？」

ちょっとだけ名残《なごり》を惜しむように指先が絡みかけたところで、テーブルを回りこんできた葛葉が僕越しに反対側の天道に声をかけた。

というか二人してなんで当たり前のように僕の左右を固めるんだ……。

「ごめん、今日は伊織くんの部屋に行く予定だから」

「あ、じゃあ伊織クン、ウチもお邪魔してよか？　変なことせんけん」

「え、やだけど」

その補足、もう絶対フリじゃん。

「――伊織クン、ほんとひどか断り方するとね……」

「だから言ったでしょ、私も結構ぐさぐさ刺されたんだから」

「つかささん、もしかして結構根に持ってたりする？」

「根には持ってないけど、同じ目にあう人は減らしたいところね」

それはそれで暗にひどかったって言われてる気がするな……！

「もー、またまたいちゃいちゃしとるー」

「なんでそう思うんだよ……あと、手を取ろうとするのやめてくんない？」

どうして当然みたいに手をつなごうとするのか。位置が悪いな位置が。

くるりと天道と位置を入れ替えると、葛葉は気にした様子もなく彼女と腕を組んだ。挟まれてるよりはいいけど、なんかこれはこれで釈然としないな……。

「つかさちゃん、もしかして今日えっちすると？」

「いきなり何を言い出すんだ……」

「そうよ、だから遠慮して」

「つかささんも答えなくていいから、はしたない」

確かにそういう予定だったけども、さすがにそこは言葉を濁してほしい。

「えーよかねー、ウチもちょっとかっちぇて《まざらせて》くれん？」

「どうしてそれにOKが出ると思うんだ……」

「前にも言ったけど誰とも伊織くんをシェアする気はないから、諦めて」

「なら見るだけ！　見るだけならよかろ？」

「どうしてそんなに食い下がるんだよ……」

あと天道も「どうする？」みたいな視線はやめよう。

なんでちょっと考慮する感じになってるのさ。

そうしてなおも粘る葛葉に僕は結局再び一週間の接近禁止を言い渡し、天道からももう少し踏み込んだ警告が出た。

これでいい加減僕にちょっかいかけるのにも、飽きてくれればいいんだけどな……。

第三話　タイフーンデイ・フィーバー

「来ちゃった」

「――どうして」

朝から薄暗い九月の金曜日。

午後から台風による荒天が予想されている中で、嵐に先んじて現れた天道《てんどう》つかさは偏差値激高《げきだか》の顔面にいたずらっぽい笑みを浮かべていた。

「ねえ伊織《いおり》くん、どうしてそんな変な顔をするの？　キミの可愛い恋人が部屋に遊びに来ただけじゃない」

「いや、それはもちろん嬉しいけどさ。今日は台風で休講なのにどうしてつかささんがこっちに来てるのかなって」

純粋に危ない、危なくない？

暴風域に入るのはもう少しあとだろうけど、今回の台風は中々の勢力だと予想されていたはずだ。

「あら、そうだったの？　ぜんぜん気づかなかった。一緒に登校しようと思ったんだけど、残念ね」

「そんなことある⁇」

「電車にも駅にも人が少ないからおかしいとは思ったのよね」

「こんな白々しい言い訳もなかなか聞かないな……」

誤魔化す気がなさすぎるにもほどがあった。

なにせ近年各地で大雨の被害が多い関係で、全面休講の連絡は昨日の午前に早々に出されている。

まして休講になる度にこちらの予定を確認してくる天道が、それを把握していないはずがない。つまりは故意犯に違いなかった。ＱＥＤ、証明終了。

「でも今から帰るのも大変だし、今日は泊めてくれるわよね？」

全く大変そうでない天道の表情がますます確信を強める。

「鞄《かばん》が明らかにデカいんだよなあ」

「ほら電車も止まっちゃうかもしれないし」

「いや、それはないでしょ」

なにせ彼女の通学手段である地下鉄は、県内の他路線ことごとくに真っ赤な「運休」の文字が並ぶような事態でも「平常運転」の文字が燦然《さんぜん》と輝く最強路線だ。

多分あれ、地下が水没でもしないと止まらないんじゃないかな。

なおそのために台風の度に、バイト先に行けるから休めないと怨嗟《えんさ》の声をあげる友人もいたりする。さておき。

「なぁに、いやなの？　私がお泊りして、伊織くんが困ることでもある？」

「そうじゃないけど……ちゃんと家には話をしてあるんだよね？」

「もちろん。こんな日に黙って出かけたら心配されるじゃない。キミにも迷惑がかかるし」

「もう隠す気ゼロじゃん」

やっぱり初めからお泊り目的じゃないか。

彼女のお泊りは普通に嬉しいしかないイベントなんだけども、ちょっと天道つかさ天災説を唱えたくはなるな……。

なにより事前に言ってくれてもいい、よくない？

「今から帰るのも危ないし、泊るのはいいけど。急だから部屋片付いてないよ」

「平気よ、お礼に掃除くらいするわ」

とはいえいつまでも玄関先に立たせておくのもなんなので、荷物を受け取って部屋に招き入れる。この重さ、確実にこのまま週末お泊りコースだコレ。

ついでに言うと鞄を渡すときに「ありがと」ってちょっと嬉しそうにするのが本当にズルかった。

「あ、それとね、一応だけど泊りに来た理由もあるの。うちの家って古いでしょ？　台風のときなんかはどうしても音がうるさくって」

「あー、そっか」

天道家の立派なお屋敷はそれはそれは年季が入っているものだ。

当然作られたあとに色々と手は入っているのだろうけど、鉄筋コンクリートの建物と比べれば防音性は大違いだろう。

「だから、今日の夜は伊織くんの腕の中で安心させてもらおうかなって」

「つかささん、もしかして朝から飲んでる？」

なんで今日こんなテンション高いんだろ。

アルコールの匂いはしないんだけどな。

「失礼ね、素面《しらふ》よ。ほら、台風の日って気分が高揚するじゃない？」

「ええ……」

小学生男子かな？

いや僕も準備とかはちょっとテンション上がるし、なんなら昨晩のうちにミネラルウォーター買い込んで、窓ガラスに養生テープでバッテンつけたけど、「台風だから恋人の家に泊ったろ！」はちょっと特殊すぎる症例では？

「それに停電の日って出生率が上がるって言うし」

「つかささん、はしたない」

あと市内停電は結構な非常事態だから期待しないでほしい。

よくないよ、そういうの。

「あら、今日はえっちしないの？　せっかくのお泊りなのに」

その聞き方はズルくない？

「僕まだ出生率を上げる気はないんだけど……」

「――『まだ』ね？　大丈夫、ちゃんとゴムも買ってきてるから。私だって、まだまだ伊織くんと二人っきりでいたいもの」

嬉しいやら気恥ずかしいやらツッコんだ方がいいのやらで、僕の心の平穏が大丈夫じゃないんだよなあ。

「――そう」

「ええ、そうよ」

なんて苦しい相槌《あいづち》しか打てない僕をよそに、人間台風みたいな麗《うるわ》しの恋人はどこまでも上機嫌に笑うのだった。

§

「じゃあ僕ご飯作ってるから、部屋の片付けしてくれるならその間に頼めるかな」

「いいけど、今から？　お昼にはまだ早くない？」

「や、夕飯のコロッケを今のうちに作っておこうかなって」

なにせ茹《ゆ》でたり炒めたり揚げたりで結構な手間と時間がかかるし、もし揚げ物してるときに停電になったら危ないってレベルじゃないしな……。

「どうしてこんな日に揚げ物なの」

同じような懸念を抱いたのか、天道がいささか不可解そうに首をかしげる。

「え、台風にはコロッケでしょ」

「聞いた覚えがないんだけど、どこの慣習？」

「ネットの風潮かなあ」

「ええ……」

半信半疑といった様子で天道はスマホをたぷたぷしたあと、検索を終えてなんとも言えない表情になった。

「どうして？」

「何を見たのかはわかんないけど、説明されてる通りだよ」

誰かが台風の日にコロッケを作って食べてネットで報告して、それがネット掲示板やらＳＮＳやらで広がったわけだけども、突きつめて言えば「なんとなく」だろう。

恵方巻なんかより由来がはっきりしてていいとか兄は言っていたけど、少数派なのかな……。

「まぁいいけど、じゃあ掃除機借りるわね」

「あ、うん、どうぞ」

天道はまだどこか納得いかない様子だったけど、一旦脇に置くことにしたらしい。

実際、僕もこれ以上追及されても困るしな。

「あ、そうだ、ちょっとアップロードしてるからＰＣは触らないでもらえる？　すぐに終わるとは思うけど」

「なんだかすごい音してるけど、大丈夫？」

「大丈夫大丈夫」

そう、と言って手始めにと床の片付けをはじめる天道にはもうすっかり遠慮なんてなくて、一方こちらはそんな姿にまだ慣れなくて、くすぐったいものを感じてついつい目で追ってしまう。

「まだ何か触っちゃいけないのでもあった？」

そんな挙動不審な僕を見とがめて、天道が身を起こす。

拍子に髪が、さらりと音がしそうな感じでこぼれた。

「――や、なんでもない。じゃあお願いします」

「ええ、任せて。あ、埃《ほこり》が立つからドアは閉めておいてね」

「うん」

我ながらちょっと未練がましい声が出たな、と思いつつ言われたとおりに部屋とキッチンとを隔《へだ》てるドアを閉めた。

巻き起こった風には、少しだけ天道の甘い匂いが交じっていた。気がする。

「――よし」

刃物を使うのに浮かれたままでは危険だ。

髪を耳にかけなおす天道の姿を頭を振って追い出して、僕はジャガイモを手に取った。

そうしていざ料理をはじめてしまえば、さすがにピンクな考えが頭に入り込む余地もない。

ジャガイモを洗って皮を剥《む》き、適当に乱切りにして水にさらしたあとで茹でる。

その間にみじん切りにした玉ねぎをひき肉と一緒に塩コショウして炒めておく。

竹串でジャガイモの茹で具合を確かめて、いい感じになったらボウルに移して潰して、炒めた連中とごっちゃになってもらう。

「んー、ヨシ」

出来上がったタネを味見にひとつまみしていると、ちょうどのタイミングで天道がキッチンに顔を出した。

「――伊織くん、掃除終わったけど、ほかに手伝うことはある？」

「ありがと。じゃあ味見お願いできるかな」

ボウルを差し出すと、天道は「ん」と軽く顎を上げた。

「手、まだ洗ってないから、伊織くんが食べさせて？」

「アッハイ」

そうして極々自然な流れで「あーん」を要求してくる。

いや、別にまぁこれくらいのことなら僕だって多少はね、と心中で謎の言い訳をしながら、控えめに開かれた口へ、小さく丸めたタネを放り込んだ。

関係ないけど物を食べてる姿って、謎のエロスを感じるのはなんでだろうな……。

「おいし」

「ならよかった」

まぁコロッケは時間こそかかるけども工程自体はシンプルだし、衣《ころも》を厚くしすぎたりとか、揚げすぎだとか以外ではそうそう失敗もないだろうけど。

「次は衣つけるのよね？　すぐに準備するから待ってて」

「や、その前にちょっと寝かせるから、あわてなくていいよ」

キッチンの流しではなく、わざわざ洗面所へ向かう天道に声をかける。

「そーお？　わかったー」

あんまり聞き覚えのない彼女の間延びした返事は、同棲感がものすごかった。

表情が緩むのを自覚しつつ、鍋とフライパンをシンクに放り込む。

へへ、と思わず声が漏れてしまうようなむず痒《がゆ》さは、彼女に悟られる前に油汚れにぶつけて発散した。

§

「――そう言えば、伊織くんってお料理のときにエプロンしないのね」

「あ、うん、持ってないから。まぁ普段着で汚して困るようなものもないし」

僕の肩に頭を預ける至近距離の天道にも、このごろはすっかり慣れた（ドキドキしないとは言ってない）。

ベッドを背もたれにして小休止中に、例によって恋人つなぎにした手をイチャコラいじりつつ、彼女は僕の首筋ですんすんと鼻を鳴らした。

「んー……でも匂いとか移るし、しておいた方がいいんじゃない？　最近、前より自炊も増えたでしょ」

「まぁ、そうだね」

「ちなみに、なにか心境の変化でもあったの？」

「夏休みのお泊り以来ちょいちょい手料理をリクエストしてくる彼女がいるからだと思うんですけど」自分はいまだに作ってくれないのにな！

「それ以外で、よ」

「ええ……」

「それと『可愛い』彼女ね」

「その補足いる？」

二つの意味で横暴では？

とはいえ理由が頼まれるから、だけではないのも確かだ。

「まぁ正直つかささんがおいしいって言ってくれるから、張り合いがあって面白いのはあるかな。そんなに凝ったものは作れないけど」

元々実家では父も兄も料理をするので抵抗はなかったし、一人分だと面倒くささが勝るけど、二人分だとやる気になったりするのもあった。

なんて思っていると天道がぐでんと猫みたいになって一層密着してくる。

「——本当に伊織くんは不意打ちが好きよね」

「どっちかっていうとつかささんが不意打たれるのが好きなんじゃないかな……」

また何か僕の返しがお気に召したらしいけども、普段の見透かされっぷりを鑑《かんが》みるにこれは予想できないものなのかな。

「伊織くん」

動物が甘えるみたいに首をこすりつけてきた彼女が、猫なで声で僕の名を呼ぶ。

「はい」

顔を向けると柔らかい感触を唇に感じ、続いてぬるりと濡れた感覚が前歯をくすぐるように撫でていく。

「ん――」

今舌入れるところじゃない、なくない？

くわえて終わったあとに自分の唇を舐《な》める仕草がとんでもなく肉食獣っぽくて、はしたないってツッコミを忘れるくらいにどきりとさせられた。

天道の顔の良さをはじめとした諸々《もろもろ》の魅力は適正に評価できているつもりなんだけど、もうなんかなんでも「アリ」に思えてきた気がするな……。

かみやんに言った高すぎる元カノ基準の脅威は、僕にこそあてはまるのでは？

「どうしたの？」

「や、もしつかささんに振られたら僕はその後ちゃんと立ち直れるのかなって」

「なんで唐突にそんな心配するの」

ふっと不安と共に浮かんだ考えを口にすると、途端に天道の顔が曇った。

非難するように絡んだままの指に力が入る。

「ねえ伊織くん、私、今ちょっといい雰囲気作ったつもりだったんだけど？」

「いだいいだい」

あ、これ結構本気で怒ってる。

「や、特に理由はないんだけど、僕もドキッとはしたし、ただそれでふっと頭に」

「全く根拠がないのに不安になれるのってすごいわね……古いドラマじゃないんだから」

「ごめん」

「——ほんっと、仕方のない人ね」

もう、とお許しの気配を漂わせながら天道はあぐらを組んでいた僕の脚を無理やり崩して、その間に収まるとこちらに背を預けてきた。

例によって甘い匂いが鼻腔《びこう》をくすぐる。

「ところでつかささん、手を持ってこうとしてるところおかしいから」

「え、なに？　こういうときって男の子には胸を触らせるものじゃないの？」

「悪いインターネットに毒されてるな……」

僕の手を自分の胸に持っていこうとしていた天道は、結局は腰に回させることで妥協してくれた。

ホッとするけど同時にビックリするくらい腰が細い、細いというか薄い。

「ネットって言えば、さっきはなにをアップロードしてたの？　レポート？」

「違うよ、録画してたゲームの動画。サークルのチャンネルに投稿するフラグムービー用の素材をあげてた」

僕が所属しているeスポーツサークル——という体《てい》のＰＣゲーム愛好会——「ＳＷゲー

ミング」は月一の定例会を除けば、チャットツールを介して集まるのが主で、その代わりに外部にもわかりやすい活動として、動画サイトのチャンネルに定期的に動画を投稿するようにしている。

「フラグムービー」

「うん。ええと、なんて言えばいいかな……基本、ゲームのプレイ動画なんだけど、敵をキルしたところとか、ハイライトを集めたみたいな動画だよ」

「それって伊織くんのもあるの？」

「僕だけのってのはないけど、採用されたシーンはいくつかあるよ」

見られて困る履歴とかはなかったと思うけど片手間でＰＣはちょっと怖いな、とスマホで動画チャンネルを開いて、適当に選んだ動画を再生する。

「これこれ、二つ目のシーンに出てくる狼男が僕のキャラ」

しかしハンドル《H》ネーム《N》が右下に思いっきり差し込まれてるの、人に見せるとなるとちょっと恥ずかしいな。なんで僕はこんな厨二《ちゅうに》っぽい名前にしてしまったんだ……。

なんて考えてる間に、動画では狼男が瀕死《ひんし》になりながらも両手の爪をふるって、三人の敵を返り討ちにしていた。

「……ちょっと何がすごいのかはわからないわね」

「改めて説明するのも難しいなぁ、まぁゲームをやってる人向けに、なんとなく格好《かっこ》いいシーンの詰め合わせ作ってると思ってくれればいいよ」

「そうね。で、このゲームが時々夜に伊織くんの反応が悪い原因なのよね？」

「――アッハイ」

別に「きゃー素敵ー」みたいな反応を期待していたわけじゃないけどこれは予想外、予想外すぎない？

あと別に天道をないがしろにしてるとかじゃなくて、ちょうどゲームしてるときに連絡が来るだけだから……（震え声）。

「別にそんな声ださなくても怒ってないけど……でもそうね、気になるなら伊織くんに私を喜ばせるチャンスをあげましょうか」

「貯金はそんなにないんだけど……」

「お金で解決しようとしないで。そうじゃなくて――私に関することでなにか気づくことはない？」

「ええ……」

それはチャンスじゃなくて正解できないと機嫌を損ねる即死トラップでは？

モテ系男子ならともかく僕の恋愛偏差値なんていまだにひどいもんだぞ。

「好きなだけ見て、触ってくれていいわよ」

「そう言われてもなぁ」

そもそも目の前には明るい髪色のつむじしか見えないんですけど。

と思っていると天道はくるりと体を回し膝立ちになると、改めてその細い腰に手を当てさせ、自身は僕の肩に手を置いてまっすぐこちらを見下ろしてきた。

「サービスで制限時間はなしにしてあげる」

「わぁい」

「心がこもってない……！」

だってなぁ……。

手の位置を上にずらせば子供に「高い高い」をするみたいな姿勢だけども、見上げる形になる微笑みはそんな可愛いものではなく実に不敵で無敵な感じで彼女にハマっていた。

つくづく顔が良いなあと思いながら、僕は難題に挑む。

「髪が」

「切ってない」

「体重が」

「痩せてない、ちなみに多分伊織くんにも嬉しいことよ」

「ええ……」

こんなんもう詰みじゃん……。

しかも全部言い終える前にダメ出しされるし、追加で答えにくくしてくるし。

「……他に出てこないの？」

心底不思議そうに言うのもやめてほしい。

嘘、僕の彼氏としてのスペック低すぎ？　ってなるから。事実だけど。

「腰が、細くなった？」

「ちょっと近いけど、違うわ」

「近いのか、えーとじゃあ、お尻が小さくなった……とか？」

「違うけど、伊織くんは小さい方が嬉しい？」

「答えにくいってばソレ。別に、つかささんの体形に不満とかないよ」

「それはそうよね」

うーん、強い。

しかし他に何があるだろうな。匂いは多分変わってないし、そもそも僕も嬉しいっていうところがよくわかんない。

更に顔が良くなったとか？（錯乱）

「ダメだ降参、わっかんない」

恐る恐る視線を彼女のそれと合わせて白旗を上げる。

天道はそんな僕の反応に、ふっと薄く笑うだけだった。

「正解はね、ブラのサイズが一つ上がったの」

「なんて答えればいいのそれ」

つまり胸が大きくなった……って、コト!?　とか言えばいいんだろうか。

そして僕は天道の胸が大きくなると喜ぶと思われてるのか。心外とまでは言わないけど
微妙な気分になるな……。

「まぁ、それでも真紘《まひろ》には負けるけど」

「えー」

そしてさすがに二人きりのときに、唐突に別の女子の名前が出されることには、その意
味を考えずにはいられなかった。

なにせ僕が言ったら確実にダメ出しされるだろうから。

「――僕は、つかささんが葛葉《くずのは》に負けてるところなんてないと思うけど」

あ、なんか珍しい顔したな。

きょとん、という形容が似合う、ちょっとあどけない驚いた表情を浮かべて天道は、ぱ

ちぱちと瞬《まばた》きを繰り返した。

「真紘の胸って、Hもあるんだけど」

「そういう意味じゃないから……」

サイズは確か比較したら上なんだろうし、すごいと思うけどさ！

しかし僕が拙《つたな》い説明をするまでもなく、意図を汲《く》んだ天道は嬉しそうに、すごく嬉しそうに微笑む。

「――でもそうね、伊織くんがそう言ってくれるなら、私もそれでいいわ」

「うん」

葛葉はちょっと頭おかしいと思うけど（鋼《はがね》の意志）、それでも天道にとっては希少な友人の一人だろう。

だからなんかちょっと不穏な雰囲気を漂わせてきても、関係を簡単にどうこうはできないのだと思う。

そしてそれで、僕への申し訳なさとかでちょっとややこしい心境になってしまうのも。

だから、だったら、大事な、大事にしたいと思う相手には、照れくさかろうとも言葉を惜しんだりはすべきじゃないと、そう思えた。

「僕が気になるのは、まずつかささんのことだよ」

「――うん、ありがと。ごめんね、面倒なこと言って」

普段よりちょっとしおらしい天道の返事に、これでよいのだと確信を深める。

格好つけることへの羞恥《しゅうち》なんてまったくもって大事じゃない。

心の内臓も実質ノーダメージだ。

「別に、僕だって面倒な性格してると思うしね」

「それはそうね」

「ひどくない？」

「いいの、そんなキミが好きなんだから」

「そう……」

「――ふふ」

なんとかポーカーフェイスを装ったけど、ほぼ即死攻撃を即座に挟んでくるのやめてほしい。案の定、内心がバレバレでくすくす笑われてるし。

まぁ天道が楽しそうならそれでいいけどさ！（自棄《やけ》）

「あと、そもそもだけど僕はそんなにその、胸の大きさにこだわりはないからね」

「そう？」

普段の調子を取り戻した天道が、肩に置いていた手を僕の頭の後ろに回した。

このまま抱きしめられると、ちょうど顔が彼女の胸に埋もれる形になる。

そしてこういうときの天道はヤる女の子だと、経験上知っていた。

「でも、私の胸が大きくなっただけなら単純に嬉しいでしょ？」

「どう答えればいいのかもわかんないんだよなあ……」

「なら今から、たっぷり確かめたら？」

「――物理的に？」

悩んだ末の僕の変な返しを聞いて天道はまた笑う。

「そ、物理的に」

「まだ昼なんだけど……」

「外も暗いし、夜みたいなものよ」

「すごい論理だ」

つまり曇りの日は天道的には昼間っから夜ってことなのかな？

お泊りで悪天候が続いたらいつか腎虚《じんきょ》になって死にそうだな。

「なぁに、いやなの？」

「そうじゃないけど……」

「けど、はなしね」

あ、これもう逃げられないな？

次の瞬間、柔らかくって良い匂いのする天道の胸に抱かれて僕は観念した。

――結局、僕たちがコロッケを揚げる作業に手をつけたのは、台風が雨戸を景気よく揺らす、午後も遅い時間になってからのことだった。

第四話　ワケあり女子、倶に彼を戴かず

「出会っちまった……！」

急な休講によって生まれた空き時間を図書館で潰したあと、そろそろかなと天道《てんどう》が講義を受けている三号館近くのベンチへと移動した僕の前に現れたのは、アッシュグレージュの髪のゆるふわモンスターだった。

「ねー伊織《いおり》クン、なんでそがん《そんな》顔するとー？」

やわらかくなった日差しの中、「あ～あ」な僕の周囲にはにわかに緊迫した空気が漂う。

たぬき顔に愛嬌のある笑みを浮かべた葛葉真紘《くずのはまひろ》は、今日も今日とて女子アナとか気象予報士みたいな清楚っぽい装いで、しかしそれに反した獲物を狙う肉食獣の雰囲気を漂わせて（ちな、たぬきは雑食）、僕に断りもなく隣に腰かけてきた。

なんとなく見つかったらこうなりそうだから図書館で時間潰してたのにな……！

天道が講義を終えるまでの時間をなんとか独力で切り抜けなくてはいけない。くじけそう。

「葛葉、こっから先は接近禁止だからな」

すっと手でベンチにラインを引くと、葛葉が小首をかしげる。

天道もたまにやる仕草だけど、雰囲気のせいかあざとさでいえば彼女以上だった。

「えー、なんで?」

「それが恋人の友人との間に許される適切な距離だからだよ」

それ以上近づくと誤解を招く恐れがあるぞ。あと僕のドン引きも。

かなり真剣に言ってるんだけども、葛葉は楽しそうに声をあげて笑った。

「もー、伊織クンって乙女みたいやね」

「その反応は誠に遺憾なんだけど……」

勘違いしないでほしいけど、僕は何も葛葉が怖くってこんなことを言ってるんじゃなくて、周囲に誤解されるのはごめんだから言ってるんだからな。

「ちなみにー、そこを越えたらどげん《どう》なると?」

「それだけなら避《よ》けるだけで済ませるけど、触ったり変なことしたりしたら大声を出すよ」

「そい《それ》って伊織クンが変な目で見られるだけやない?」

「や、『顔が良い巨乳の女に襲われてます』って叫んだら、多分夢見がちな童貞が一人か二人くらいワンチャン事実に賭けて釣られるだろうからソイツを犠牲にして逃げる」

「わー、頭良かー、知能指数《IQ》200くらい？」

「自分で言ったことだけどなんか馬鹿にされた気がするな……！」

「えー、ウチ本当に感心したとよー」

嘘にせよ本当にせよ、それはそれで無敵じゃない??

「——それで、僕になにか用？」

「うん、ちょっとね、つかさちゃんがおらんときに話したいことがあると」

「それもう嫌な予感しかしない前振りなんだけど」

犯行予告かな？

白昼堂々大胆すぎる手際だな。

「えー、そがんことなかよ。えっとね、伊織クンはつかさちゃんのどこが好きになったとかなーって」

「ええ……」

なんだそんなことかと思ったけど、それでも葛葉だと拭《ぬぐ》いきれない不安を感じるな……。

恋バナとしてはオーソドックスだし、そりゃあ本人がいない方が僕だって答えやすいけどさ。

「やっぱり顔？　それとも《それとも》おっぱい？」

「ちょっとやめないか」

「あとはー、家がお金持ちやけん？」

「なんて答えても印象最悪になる選択を迫るのやめない⁇」

そりゃあ確かに「美人でお金持ちの彼女がほしい」って言った事実はあるけどさ。

あれはあくまで概念としての好みであって、実在の恋人の好きなところにそれをあてはめたらダメなやつじゃない？

「ええー、でもつかさちゃんも自分でアピールしたんやなかと？」

「だからってそこが好きですとは言っちゃダメだろ……」

「じゃあなん？　つかさちゃんのなんが好きと？」

「うーん……」

まぁとりあえずは普通の話みたいだから回答に集中するけど、いざそう聞かれると困るな。

実際に天道はすごい美人だし、そのスタイルにも健全な男子として当然の好印象を抱いてはいるけどさ。それって誰だって言えるくらい表面上のものなんだよな。

お金持ち要素に関しては、基本は割り勘で別に高い買い物もデートもしてないから自信をもってあんまり関係ないって言えるか。

「――え、もしかして好きなとこなかとに付き合っとっと？」

「なんでだよ」

判断が早すぎる。聞かれてまだ一分もたってないじゃん。

確かに天道は「全部だけど？」とかって即答してくれてた気がするけど、あれは彼女が男前なだけだぞ。

「えー、だってパッと出てこんとおかしかもん」

「言語化するのが難しいだけかもしれないだろ」

「じゃーあ、ほら一緒におって安心するとか」

「安……心……？」

「なんでそがん顔すると……？」

いや、まったくないとは言わないけど、基本的にはいい意味でも悪い意味でもドキドキさせてくるのが天道つかさって女の子だからな……。

「いや、つかささんってジェットコースターよりもスリリングな感じだから」

「そいは恋人にする形容でよかと？」

「ダメかな……」

ダメかも、でも世間一般的にジェットコースターは花形アトラクションだから誉め言葉になるんじゃないかな（錯乱）。

しかしこのままだと葛葉の口出しもあって、あとで天道のお怒りを買いそうな回答に誘導されそうな気がする。

まとまってなくても単純に事実だけを述べた方が良さそうだな。

「んーとまぁ、あれこれ理屈を言うより、僕がつかささんといたいと思ったってことが全てなんだと思うよ」

「でも伊織クン、婚約ばいやがっとったとやろ？」

「そうだけど。それは最初の話でさ、最終的にはこっちから告白したんだし、一緒にいる間にそれが変わって、その決定打がコレってのが思いつかないから――」

まぁデートに誘われたりキスされたりハグされたりでグイグイ来られて寄り切られたわけだけど、その過程でもろもろを先送りにしようとはしても、決定的に天道を拒もうとは思えなかったわけで。

「だからまぁ、僕も『だいたい全部』っていうことでいいんじゃないかな」

「なーん、はっきりせんねぇ」

「じゃあ、付き合ってる間に全部好きになったんだよ。これで満足？」

勝手に人にアレコレ聞いておいて、面白くないみたいに言われてもな……。

恋バナって基本のろけてる方が楽しいか、聞いてる方が楽しいかの二択な気がする。

「んー、でもまぁ、ようはつかさちゃんじゃなきゃいかん理由もなかとよね」

「僕の話ちゃんと聞いてた？」

いやその結論はおかしい、そう思って視線を向けると葛葉は今までの愛嬌《あいきょう》ある笑顔を引っ込めて、圧を感じる真剣な表情をしていた。

「葛葉？」

「ね、伊織クン。話は変わるとやけど男の子ってどがんしたら童貞じゃなくなると思う？」

本当に百八十度変わったな？

「……そりゃ、性経験の有無じゃないの」

「ううん、ウチはね、女の子に夢を見てるかどうかやと思うと」

「ええ……？」

なにその説、新しい。

そもそも童貞だったこともない葛葉に何がわかるんだよと思わないでもないけど。

「だってね、ウチと付き合った男の子全員が、えっちしてすぐに変わったわけやないとよ」

あ、でもあんまり突っ込んだ話されるのも困るな？

彼女の友達の性事情とか一番踏み込んじゃいけないやつじゃん……。

相談に乗った流れで浮気しちゃうんだろ、僕は詳しいんだ（主に二次元で）。

「あのさ、葛葉。そういう込み入った話はつかささんも一緒に……」

「だけんね、えっちしても女の子に夢を見とる間は男の子はきっと童貞とよ。伊織クンば見てやっとウチ気づいたと」

「本っ当にそれはわからない」

そしてやっぱり僕微妙にディスられてない、ソレ？

葛葉のいささか理解に苦しむ童貞の定義に不穏な気配を感じて、いつでも逃げられるように鞄を抱えなおすと、中でスマホが震えていた。

気づけば建物からはちらほら人が出てきていた。講義が終わったんだろう。

「葛葉、ごめん、ちょっとスマホ――」

「だめ」

「え？」

「ウチと話しとるとやけん、あとにして」

「ええ……？　や、多分つかささんからだと思うし……」

「そいで《それ》もだめ」

「うーん」

これを説得は無理だな、間違いない。

「ごめん」

しょうがないので一言断ってスマホを取り出す、ちょっと警戒していたけどさすがに叩き落とされたりはしなかった。

案の定、通知は天道からのメッセージだ。

『今もそこ？　真紘は？』

そこってどこだろ、葛葉が連絡してたのかな。

そう思いつつ「三号館そばのベンチ、葛葉も一緒」と返信を送る。

「葛葉、あのさ――ヒエッ」

そうして顔を戻して、葛葉の恨みがましい視線に思わず声が漏れた。

なんだろう、元々の顔立ちもあってそこまで怖い表情になってるわけじゃないんだけど、据わった目からものすごい迫力を感じる。

普段は可愛いぬいぐるみでも暗いところで見るとちょっと不気味に思える、そんな感じだった。まだ明るいんだけどな……。

「ウチと話しとったとに……」

「いや、だから先に断ったじゃん」

「ウチはだめって言ったもん。あんね伊織クン、じゃあいっこお願いがあると」

「な、なに?」

僕まだ死にたくないんだけど。

「とりあえずお試しでいいけん、ホントにウチと付き合って?」

「は?」

「いた、真紘っ」

衝撃的な一言は、剣呑《けんのん》さをはらんだ天道の声でかき消された。

§

「――ねえ、どういうつもり?」

友人である水瀬《みなせ》英梨《えり》を連れて現れた天道は、葛葉の前で腰に手を当てると仁王立ちでそう言い放った。

僕がやられたらなにもしてなくてもとりあえず謝ってしまうようなド迫力だった。

ついでに水瀬が「アンタなにしてんの」といわんばかりの視線を僕に向けてきたので首を横に振っておく。

「どうしたと、つかさちゃん。こわか顔してー、美人が台無しよ？」

「つかさ、ちょっと落ち着きなって。真紘アンタなにしたのよ」

「もー、なん英梨ちゃんまでー、ウチはなんもしとらんよ？」

「よく言うわね。アナタ、私に伊織くんと学食にいるって送ってきたじゃない」

「うへえ」

そんなことしてたのか。

僕がスマホを見るのを嫌がったのは居所をごまかすためだったんだな。

ちら、と天道に視線で問われたのであわてて首を横に振って関与を否定しておく、ついでにちょっと姿勢を正すと水瀬にうろんな目を向けられた。

違うんだよ、別にやましいことがあるんじゃなくてビビってるだけで（届かぬ否定）。

「あい《あれ》はちょっとした冗談やったとってー、ねー伊織クン」

「ふうん？　……伊織くん？」

「えっとつかささんの好きなところは？　って聞かれたり、謎の童貞論をぶちあげられたりしたあとに、また付き合っててってこの前よりガチっぽく言われました」

また水瀬に今度はドン引きしてそうな視線を向けられたけど、これは保身じゃなくてここで変に隠し立てしたら話がこじれるのは目に見えてるだろ！

「だそうだけど？」

「んもー、そんなに伊織クン脅かしたら可哀想《かわいそう》かよ」

しかし僕（と水瀬）が口を挟めないほどお怒りっぽい天道にも、葛葉は普段のようなのんびりしたペースで応じる。

こうなると普段通りの笑顔がいっそ怖くなってくるな……。

「真紘、私ね。アナタのことは本当に友達だと思ってるの。だから答えて」

「んー、そいはウチも一緒よ、これは本当」

真摯《しんし》な天道の声音《こわね》に、眉根を寄せて少し困ったような表情を見せたあと、葛葉はやっぱり笑顔で言い放った。

「あんね、つかさちゃん、一生のお願い。伊織クンのこと、ウチに譲って？」

「いやよ、私の彼に手を出さないで」

犬猫みたいに言ってくれたな、という思いは天道のイケメン発言でかき消された。

男子が一度は言ってみたいと夢想しそうなセリフをこうもあっさりと……！

「んー、でも伊織クンも、そっちの方が良くない？」

「なんでそう思うのか、僕には心底理解できない」

「だって男の子は可愛くて一途《いちず》でおっぱいおっきい子の方が好きやない？」

「ええ……」

要素を抜き出すと否定しづらい箇条書きマジックはやめてほしい。

それだけを言われればＮｏが言えるのは多分少数派だろうけどさ。

僕に限らず、付き合っている彼女から乗り換えるほどの絶対条件じゃないぞ。

「――や、だってつかささんも美人で胸も大きいし、あと僕にはその、一途に接してくれてると思うし」

「でもウチの方がおっぱいおっきかよ？」

何を言わされているんだろうな、僕……という苦悩をかき消すおっぱい万能説やめろ。

もしかして胸のサイズが絶対的カーストの世界に生きてらっしゃる？

「それがなんの理由になるんだよ……」

あと男子をどれだけサルだと思ってるんだ、無礼《なめ》すぎだろ……。

「あのさぁ、真紘」

「ごめん、英梨ちゃんにはわからん話やけん、ちょっと黙っとって」

「ねえ、アンタそれ今どっちの意味で言った……？」

そしてなぜか水瀬が巻き添えを食らっていた。

彼氏がいないのか、胸のせいなのか、どっちにしろむごい仕打ちだ。

「あとね、もうこうなったら言わせてもらうけど。こいつ《これ》も全部つかさちゃんがこすかこと《ずるい》したのが悪いとよ」

「――私のなにがずるいのよ」

「だって、ウチの好みの人おったら紹介するって言ったとに、伊織クンのこと黙っとったもん。絶対ねー、って約束したとに」

「それは……だって、伊織くんが件《くだん》の婚約相手だったのよ。さすがにその人を紹介はできないでしょ」

そして天道もやっぱり僕が葛葉好みで童貞くさいと認めているのか。

否定できないけどちょっと複雑だな……！

「そがんことなくない？　つかさちゃんは婚約したくないって言いよったろ。そいにあとで聞いた話やったら、伊織クンに彼女ができたらつかさちゃんも自由になれたんやなかと？」

その間にも二人の対決ムードがより鮮明になっていく。

「だから、それは伊織くんが婚約相手だってわかる前の話じゃない！」

「だけんが、つかさちゃんは自分の好みやったけん、ウチとの約束破って伊織クンのこと教えてくれんやったって言いよると！」

初めて聞くくらいの葛葉の大声は、天道を完全に沈黙させるくらい痛いところを突いたようだった。

確かに分析としてはそう的外れでもない……かな？　勢いが良すぎてちょっと流されている気もしないでもない。

「伊織クンも婚約嫌がっとったんなら、ウチに教えてなにがまずかと？　ウチはちゃんと何人か教えてあげたとに！」

「また僕に被害与えてくんのやめてくんないかな、前にも言ったけど」

争いは何も生まないどころか、周囲にも被害をもたらすんだよなあ。

本当やめてほしい、これで個人名とか出したらひどいからな？（僕のメンタルが）

「アンタたちそんな約束してたの……」

「もう、大事な話しよるとやけん、英梨ちゃんは黙っとって！」

「ええ……」

そしてまた叩かれる水瀬、これにはちょっと同情する。

「……わかった、それは確かに真紘の言うとおりだわ。ごめんなさい」

「うん、じゃあ伊織クンちょうだい」

「それは嫌」

「なんで？」

「僕も嫌です」

「それ、もうちょっと大きな声で言ったら？」

いつのまにやらにらみ合う二人から僕を盾にするような位置へ逃げてきた水瀬がぼそりと呟《つぶや》く。

「誰だって約束を破ったからってだけで彼氏とは別れないでしょ！　そもそも、前にも言ったけど伊織くんはもう童貞じゃないから対象外でしょ！」

「そいはつかさちゃんのせいやろ！　だけんノーカンやもん！」

「なによその理屈は！」

「三秒ルールって知らんと!?」

「人をヨゴレ扱いしたわね……!?」

でもこれに割って入れる？　入れなくない？

とてもそんな雰囲気じゃないぞ。

というかそもそも葛葉には何度も嫌だって言ってるんだよなあ。

「そもそも、私は伊織くんから告白してもらって付き合ってるんだから、彼の意思を尊重しなさいよ」

「そがん言ったらウチが伊織クンに声かけて、選んでもらうのも尊重してくれてよかろーもん！」

「あ、僕はつかささんが彼女で満足してるので結構です」

「え？　ウチの方がつかさちゃんよりみぞかとに？」

本当に引き下がる気が全然ないな、この女……！

「──は？」

そうして葛葉の一言がまた事態をややこしくさせたと確信させる、天道のマジギレ声が聞こえた。

「あ、アタシもう帰るから、おつかれ」

「水瀬さん……！」

逃げるな、逃げるなァ、卑怯《ひきょう》者ォ……！

この状況で置いていくのか、僕だけを。という思いを込めた視線から、少し気まずそうにふいと顔を逸《そ》らして彼女は早足で去っていった。

あいにく天道も葛葉も眼中にないみたいでそれを引き留めない。辛い。

「——それはなに、真紘はその引くくらい大きな胸のサイズだけじゃなくて顔の良さでも私に勝っていて、伊織くんの恋人に相応《ふさわ》しいって言いたいの？」

「そこまでは言わんけど、男の子はつかさちゃんみたいな綺麗系よりはウチみたいな可愛い系が親しみやすかと思うと。特に女の子慣れしとらん人はね」

「個人の好みによると思うよ」これはガチで。

「ふぅん、それにしても今日は随分としゃべるのね、いつもと違うじゃない」

「だってねー、あんまり賢そうなのって男の子に好かれんもん」

「なぁに、なにか言いたいことがあるの？」

「さぁ？　あとね、ただ遊んどったつかさちゃんと違《ちご》うて、彼氏としとっただけのウチの方がえっちでも満足させてあげられると思わん？　一般論で」

「——そう、へえ」

僕の知らない一般論がこの世には多すぎる……！

「いいわ、そこまで言うならわからせてあげる」

「なん、伊織クンにアプローチしてよかと？」

「やめてくれよ……」

こんなピリピリした天道と話を聞かないゆるふわモンスターに挟まれたままじゃ、ストレスで胃に穴が空くぞ。

「お互いに自分の方が上って言いあってても埒《らち》が明かないわ、ちょうど学祭でコンテストがあるじゃない。あれ、まだエントリー受け付けてたでしょ」

「ウチはよかけど、つかさちゃんの評判で出ると？　ひどいことにならん？」

「いや、葛葉もたいがいだぞ」

互いにちょっと自己評価が高すぎない？

あるいは採点が甘いのか。

「逃げたいなら、私は止めないけど」

「そがんこと言っとらんもーん。で、ウチが勝ったら伊織クン譲ってくれると？」

「それを決めるのはあくまで彼、単にどちらが上かはっきりさせようってだけ」

「んー、じゃあせめてウチが勝ったら今後はもうつかさちゃんは邪魔せんでね？　睨《にら》まれとったら伊織クンも選びにくかと思うけん」

「ええ、考えてあげる」

巧妙に言質《げんち》を取らせなかったな……！

興奮しているようで狡猾《こうかつ》さを見せた天道と、意外に（と言ったら失礼だけど）口も頭も回った葛葉、二人の女子はそれでどうやら互いに納得する落としどころを見つけたらしかった。

「じゃあ決着は十一月の学祭、ミスキャンパスコンテストで」

「どがん結果になってもつかさちゃん泣かんでね？」

「そっちこそ」

まさに竜虎相搏《りゅうこあいう》たんと二人が火花を散らす。

微妙に蚊帳《かや》の外に置かれた僕は、これ本当に決着つくのかな、とか、二人とも予選落ちしたらどうするんだろう、とぼんやり考えていた。

秋の日が少しずつ短くなりゆくある日のことだった。

第五話　君にできることはまだあるかい

十月初旬の夕方はまだまだ明るい。

とはいえ日暮れまでに限ったことではなく時間は当然に有限で、にもかかわらず学祭企画のためのサークル会議は紛糾していた。

「おい注目ー、はい注目ー」

僕が所属しているサークル「ＳＷゲーミング」はオフで顔を合わせるのが月一の定例会（自由参加）くらいのユルさだけど、本日に限っては空き教室を借りて招集がかけられていた。

それもすべて申請期限をぶっちぎった学祭の出展内容をまとめるためなんだが……。

「――ハイ、皆さんが静かになるまで六百秒かかりました、本題に入りまーす」

まだなってないんだよなあ。

なにせ今もソシャゲのデイリー消化にいそしんでる者がいて、机に突っ伏して寝ている者もいて、明らかに音ゲーしてる者がいる。

　このとおりPCゲーマー、とりわけ対人ゲームを好んでやる人種のモラルなんてだいたいお祭しだ（あくまで個人の感想です）。

　そも、話をしている会長その人が「e『スポーツ』を広めるにはまず我々プレイヤー一人一人がバッドマナーを是《ぜ》とする風潮と決別しなくてはならないのだ！」とか言った舌の根も乾かぬうちに敵をキルしたあとで屈伸して煽《あお》りはじめるからな。

　なので会議は踊る前にまずはじまらない。僕らはさながら猿山のサルだった。

「これはひどい」

「やー、毎度のことすぎんよー」

　僕と同じく少数派に属するかみやんも苦笑いでお手上げのポーズをとる。

　成人している者も多い大学生の姿か？　これが……。

「えー、では学祭ではいくつか新作のフラグムービー上映と、動画チャンネルへ誘導するフライヤーを配布。ブースの留守番はシフト制で全員ノルマってことで、なにか質問あるかー？　あ、低ランクは人権ないんで、発言はせめてダイヤになってからな？」

「横暴すぎる……」

　ダイヤ帯以上なんてゲームによっては、総プレイヤーの一パーセントを切るような上澄み中の上澄みなんだよなあ。

「ちな、しのっちはなんかでダイヤいってるっけ？」

「や、今シーズンはいいとこプラチナでスタックしてる」

「うーんこの。もうはじめからカイチョーが決めてくれりゃいいじゃんね……」

「それな」

ただそうするともういよいよ招集をかけた意味が不明になるんだよな。

現状でもあるかと聞かれると困るけど。

「うーし、じゃあ今日から全員神プレイ一つ分は動画の素材を新たに提供するように」

「横暴だー」

「無茶ぶりにもほどがあんよー」

不満の声はあがっているが、案自体に反対する者はいない。

代案出すのが面倒っていうのもありそうだけど、そもそもが無難なところだし、結局は会長案がそのまま通ることになった。

まとまったのはいいけど、近年まれに見る無意味な時間だったな……。

「んじゃ、誰か告知あるやついるかー、なければ解散ってことで」

おっと、僕にとっての本番が残っていた。

「すみません、会長。いいですか」

「お、珍しいな。おーしお前ら、志野《しの》が面白いこと言うぞ、注目ー」

「無茶ぶりすんのやめてもらえますかね……」

席を立って壇上に向かうと、会長のせいで気ままに遊びまわっていたサルたちが、行儀よく僕の発言を待つホモサピエンスに戻ってしまっていた。

うーん、やりづらいな。

咳払《せきばら》いを一つ、精々《せいぜい》声が裏返らないように気をつけながら口を開く。

「えー、今年のミスキャンにですね。僕がお付き合いさせていただいている天道《てんどう》つかささんが参加する予定なので、皆さんどうぞ応援をお願いします。以上です」

軽く礼をして頭を上げると、そこには能面みたいに無表情になったサークルメンバーの姿があった。

ホラーかな？

死ね、とか小声で言うのはやめてほしい。誰だ。

「あ、知り合いが出場する予定とかだったら、無理にとは言わないんで――」

そうつけくわえた途端に、メンバーの表情が一変した。

「Bｏｏｏｏｏｏｏｏｏｏｏｏｏ!!」

「吊るせー、コイツどうせお前らには知り合い程度の参加者さえいねーだろとか言いやがったぞー」

「ええ……」

それはうがちすぎの卑屈すぎでは？

――これを契機にサークル内で彼女持ちと彼女無しの間で抗争が勃発《ぼっぱつ》し、彼女に悲惨な振られ方をして抜け殻となる者が出るまで続くとはこのときは誰も知らなかった。

僕は悪くないと思いたい。

§

「おつかれー」

「つかれーっす」

暴徒たちが沈静化して、ようやく解散の運びになったころにはあたりはすでに薄暗くなっていた。

ただ生ぬるい空気と、西の建物を縁取るオレンジの光だけが影の落ちた世界に昼の名残をとどめている。

「――うん、うん……あ、伊織《いおり》くん出てきたから、そう、終わったみたい」

白々としたＬＥＤの外灯が照らす道に一歩を踏み出しスマホを取り出したところで、天道つかさの涼やかな声が聞こえてきた。

少し離れた掲示板の前に綺麗な立ち姿で通話中の彼女は、横目で僕の姿を認めるとひらひらと小さく手を振って笑みを浮かべる。

そんな何気ない仕草に不覚にもドキッとした。

本当に突然シアーハートアタックを仕掛けてくるのはやめてほしい。

僕は絶対に太れないな、心疾患とか抱えようものなら多分キュン死した世界で最初の例になってしまう。

「ええ、じゃあ、うん、またね――」

通話の相手は水瀬《みなせ》あたりだろうか。例によって友達相手のトーンには、新鮮さとあわせてちょっとの妬《ねた》ましさも覚える。

いやそれを言ったら僕だって特別扱いされてると思うし、同性の友達相手は恋人と対応違って当然なのはわかっているけどまぁどうしても多少はね？（早口）

「お待たせ、ごめん、遅くなって」

「ううん、伊織くんこそおつかれさま」

まぁでもそういうみみっちい思いも、普段より早足で僕の方へとわざわざ近づいてきてくれる天道を見るとどっかに行ってしまう。

「それで話し合いは、どうだった？」

「うーん、体験入山、って感じかな……」

「どういうこと？」

口を突いて出た本音に首をかしげる本日の天道は、ブラウスとガウチョパンツともに白で、そこにベルトやらなんやらでポイントに色を入れたいかにもお洒落《しゃれ》で格好《かっこ》いい感じだ。そんな彼女に腕を組まれた僕は例によってワイシャツにジーンズと特筆すべき点のない地味スタイルである。

釣り合いがとれないこと甚《はなは》だしいけど、まぁ地下鉄までの帰り道なんて誰かが注目して見ているわけでもないか……。

「結局まとまったの？　実行委員をかなり待たせていたみたいだけど」

「うん、まぁそこは無難なところに落ち着いた感じ」

「そう、なら良かったわね」

まぁ集まったことに意味も甲斐《かい》も感じない実に空虚な時間だったけど。

猿山のサルの気持ちが体験できたと考えれば貴重だろうか。でもそれってホモサピエンスとして人生を送る上では特にする必要のない経験だしな……。

「それで、つかささんの方は？」

「エントリーは間に合ったわ、真紘《まひろ》もね」

「ん、そっか」

つまり無事（？）スーパー容姿に自信のある女大戦勃発は確定か。サークルに一波乱起こしたのが無駄にならなくて良いのか悪いのか……。

まぁでもよく考えたら、天道たちが参加しなくてもミスキャンパスって元々そんな催しだな？　つまり平常運行で例年通りだな！

なんてことを考えていたら組んでいた腕に力がこもる。

「ごめんね、勝手に話を進めちゃって」

「へ？」

「コンテストに出るの、伊織くんになにも聞かずに決めちゃったでしょ」

「ああ」

珍しくしおらしい声を出した彼女は、例によってちょっとしょげた顔でこちらの顔色をうかがうような視線を向けてきた。

いつだかも思ったけど本当にこういう表情は似合わないなあと思って、だから天道家の人々も彼女を甘やかしてしまったんだろうか、なんて考える。

「なぁに、やっぱり怒ってる？」

「や、違うよ、大丈夫。ただなんて言ったらいいか考えてただけ」

「そう？」

ここで全然別のことを考えてたなんて言うと一転して怒られそうだな……。

「ええと、まぁ何かするのに一々僕の意見を聞く必要なんてないし、葛葉との勝負で勝手に僕を景品にしたわけじゃないしね」

気にしてないよ、と続けると、天道はなにやら今度はフクザツそうな顔になった。

「それはそれでちょっと納得いかないわね……」

「ええ……？」

なんだか面倒くさいこと言い出したぞ……。

「ちょっと？」

あ、バレたなこれ。

「ごめん、顔には出さないようにしたつもりだったんだけど」

「それはつまり本音が表情に出てたのよね？」

うーん正直な自分が憎い。

「や、だってつかささんは僕にどんな反応を期待してるのかなあ、って」

「んー……」

　細いおとがいに指を当てて考えむことしばし、天道はかなり歩きづらくなるくらい僕の腕に身を寄せて口を開いた。

「あまり目立ってほしくはないけど、それでもいい結果が出たらちょっと自慢できるかな、みたいに独占欲と顕示欲《けんじ》の間で揺れ動いてほしい……？」

「面倒くさい以外に言い表しようがないと思うんだけど、その要求」

　もしくは僕はそんなに拗《こじ》らせたややこしい男だと思われているんだろうか。

　言われたようなことは考えてなかったけど、面倒な男だってのは否定しづらい。

「だって、伊織くんの反応が淡白なんだもの。『何をしてもいい』と『どうでもいい』って近くて全然違うものでしょ？」

　前者なら許容できるけど後者はダメってことだろうか。理屈はわかるけど難しいことを要求されてるな……。

「え、じゃあ勝手なことしてくれたな、みたいにキレた方が良かった？」

「嫌《や》」

　また幼児みたいに言ったな……。

「じゃあつかささんが他の男子の注目を浴びるのは少し嫌だけど、ステージでドヤ顔決めてるのはちょっと見てみたいし、諸々に時間を取られるのは大変そうだし、なんか嫌な思いとかしないといいけどって心配もある……って言えばいい？」

「ええ、それならとっても満足ね」

「……さようですか」

やっぱりこういうところはお嬢様だな（偏見）。

言葉一つで天道が嬉しそうなのは何よりだけど、色々とぶちまけたこっちの意地とか見栄とのトレードは釣り合うんだろうか。

「ね、伊織くん、今ここでキスしていい？」

「いいわけないじゃん……」

そこまではしゃぐところあった？

あ、これなら釣り合うなとは単純にもちょっと思ったけどさ！

でも今ちょうど大通りの交差点に差し掛かって信号待ちなんだよなあ。

車道の向こうやら停車中のドライバーやら、どれだけの人目があると思ってるんだろうか。

公開羞恥《しゅうち》刑はちょっとやめてほしい。

「もう、意地悪なんだから」

「ごく一般的な判断だと思うよ」

まぁ恋人つなぎにした指はすりすりにぎにぎしてくるし、腕には柔らかいのが当たってるし、距離が近いからもう良い匂いするしの密着状態だと今更な気がするけど。

それでも最後の一線（？）は守り抜きたい気持ちもある。

「それよりさ、実際コンテストの結果で葛葉をどうこうできそうなの？」

「ええ、私が勝てば多少は大人しくなってくれると思うわ」

「ちょっと頼りない返事だなあ……」

そこが曖昧《あいまい》だとそもそも天道が出る意味がない気もするんだけどな。

「そうね、あの子の主張って結局自分の方が可愛いから、自分と付き合った方が伊織くんも嬉しいって流れだったでしょ」

「改めて言葉にされるととんでもないな……」

ポストアポカリプスの世界か、野生動物みたいな極端な価値観してない？

一体どんな環境がそんなモンスターを作り上げてしまうのか。

「で、互いの主張だけじゃなくて、客観的な事実があればそれを否定する根拠になるし、ついでに私には伊織くんの自慢できる彼女になれるってメリットもあるし」

「すごく俗っぽい言い方でアレだけど、顔とスタイルが良くて実家がお金持ちって時点で自慢できると思うよ」

「ありがと、でもそういう要素は多い方がいいでしょ？」

「今日サークルでつかささんの応援頼んだだけでブーイングされたし、これ以上はやっかまれるだけじゃないかな……」

「あら、そういうのだって程々ならいいものよ？」

うーん、これだからモテるものは。

人生をモテざるものとして生きてきた僕にはピンとこない理論だな……。

「あ、それでね、伊織くん。前に話したコンテスト用の撮影なんだけど明日の夜に行ってきてもいい？」

「あー、なんだっけ、水瀬さんにＳＮＳ用の写真撮ってもらうって話？」

お父さんの影響でカメラが趣味だって話だったっけかな。

「そう、英梨《えり》とそれから真紘も一緒ね」

「それはいいけど、葛葉は敵では……？」

「伊織くんを巡ってはそうだけど、別に絶交したわけじゃないから」

「あ、そうなんだ」

「縁を切った方がいいなら、そうするけど……」

「いやいや、そこまではしなくてもいい……かな、うん」

「そう？」

結構今までに迷惑もダメージも受けはしたけど、元々あっちがアクション起こすまでは何もなかったんだし、究極的には僕が葛葉に絶縁状叩きつければいいだけの話だしなあ。

天道のおそらく貴重な交友関係が、僕を理由に壊れたとか言われるよりは少し気楽だ。

まぁ仮にそうなった場合も、責任は一対九くらいで葛葉《あっち》にあるとは思うけど。

「話を戻すけど二人ともカメラマンを茨梨に頼んで、対等な条件での勝負にするって意味もあるのよね」

「思っていた以上にバチバチだなあ」

「まぁそもそも伊織くんはすでに私を選んでるんだから真紘を敵と呼べるかも怪しいし」

「つよい」

「あとは私がいないときを狙って伊織くんにちょっかいかけられても困るし」

「最終的に怖い話にするのはやめよう？」

もう夜にインターホンが鳴ったら葛葉では？　って脳裏にちらつきそうなんだけど。

怖いなー、戸締りしておこう。

地下鉄駅への階段を下りながら思わず背後を振り返ったら、普通に怪訝《けげん》そうな視線を貰ってしまった。

「それでついでに前から話してたラブホ女子会しようってことになって、映《バ》えそうなホテルに行ってくるんだけど……位置情報を見て慌てないでね？」

「いや、別に普段から見てないし……」

人をそんな束縛強いストーカー彼氏扱いしないでほしい。

ガチめの名誉棄損だぞ。

「伊織くんと行くときのための下見も兼ねてるから」

「僕はなんて言えばいいの、それ」

「楽しみにしてるね、とか？」

ほんとやたらと楽しそうだな……！

まぁ申し訳なさそうにしてるよりこっちの方がやっぱり僕も落ち着くけどさ。

「あんまり高い部屋はやめてほしいなあ」

「もう！」

「あ、つかささん、そろそろ電車の時間じゃない？」

改札に向かう人たちが足を速めるのを見てそう声をかけると、天道はなにやら微妙な顔をしていた。

「──ね、伊織くん、私明日外泊するの」

「え、うん、水瀬さんたちと撮影してくるんでしょ？」

さっきの今でさすがに忘れるような時間じゃない。

何が言いたいんだろうと不審に思っていると、恋人様は不満そうに小さく頬を膨らませた。

「それで、伊織くんはどうするの？」

「僕？　いや特に考えてないけど……あぁ、今日ちょっとサークルで煽られたから、ゲームでランク上げでもしようかな」

かみやんあたりに声かけてランクを上げられれば良し、そうじゃなくても動画用に何かいいプレイができれば良しかな。

なんて考えていると組んだ腕の肘を固めるように力が込められる。

「つかささん、腕、腕。変な風に極《き》まりそう」

「せっかくの週末の夜に私に会えないなんて、伊織くんも寂しいわよね」

「え？　──アッハイ」

低い声に有無を言わせぬ圧力を感じて頷《うなず》くと、表情を一変させて実に楽しそうに彼女は笑った。

「だから、その埋め合わせにやっぱり今晩は泊ってってあげる」

「ええ……」

嬉しいでしょ、と言わんばかりに気軽に尻に敷いてくるじゃん……。

「なぁに、いやなの？」

「や、それならなんでわざわざ駅《こっち》に来たのかなって」

「それは……用意もしてなかったし、買い物のためね」

ははーん、絶対これ今考えたやつだな？　僕は詳しいんだ。

地下街が駅直結の商業施設へとぐいぐい追いやられながら、不都合な真実をあえて指摘するのは避けておく。

藪《ヤブ》をつついてもっと答えにくい質問されるのはごめんだ。

「伊織くん、そう言えば晩ご飯の用意はある？」

「まだしてないけど、なにか買って帰る？　材料あんまなかったと思うし」

「それならハンバーガー食べていかない？　前から行ってみたかったの」

「いいけど、商店街の方？」

「ううん、一番出口のお高い方」

「そっちか。まぁ僕も行ってみたかったし、いいよ」

「なら、決まりね」

なんて嬉しそうに笑う天道からすれば、こんなのもやってみたかった学生っぽい付き合いの一つなんだろうな。

まぁそれは僕も共感できるところだし、そのためなら数百円の出費増くらいは誤差だよ誤差。

「それと――」

「うん？」

「私が寂しくならないように、今日はたくさんしてね？」

「食べ物の話をしたあとにそっちにいくのはやめない⁇」

言葉を多少濁しただけ、配慮（？）してるんだろうけどさあ！

あんまりにも根源的な欲求に正直すぎる、すぎない？　しかも主語をそこで自分にするのがちょっとズルいんだよな……。

「ほら、早く行きましょ、伊織くん」

とはいえ僕が楽しそうな天道に水を差せるわけもなくて、結局は（夜も含めて）彼女のご要望通りになった。

第六話　彼女と彼女の友達

夏に比べれば過ごしやすくなったとはいえ、本来は一人用のベッドで二人が眠れば互いの体温で汗もかく。

その日の朝、眠っている間にじわじわと体にたまり続けた熱で天道《てんどう》つかさは目を覚ました。

「ん……」

もぞりと身をよじって布団の中の空気を入れかえると、昨夜の行為の残り香が鼻腔《びこう》をくすぐる。

そうして、隣でいまだ安らかな寝息を立てている恋人の顔を眺めた。

――志野《しの》伊織《いおり》、十九歳、いて座のＡＢ型。

三人きょうだいの真ん中で、犬派。好きな色は緑、実は猫舌。

自分の名前が嫌いなわけじゃないそうだけど、からかわれたことが多いせいで下の名前で他人に呼ばれるのは少し嫌がる。

結構な健啖《けんたん》家なのに細身で、体に厚みはないけれど肩幅は広くて背中は大きい。

なのに腰は憎たらしくなるくらいに細いんだから男の子はずるいと常々思う。

地元のプロスポーツチームは野球よりもサッカーびいき、クローゼットにあるレプリカユニフォームの背番号は37。

だけど今年スタジアムに行ったのは一度か二度で、ほとんどはネット観戦とか。

趣味はＰＣゲーム、大学でもサークルに入っている。

夜に連絡して返事が遅いときは大抵ゲーム中で、一番好きなタイトルは確か『ＲＯＦＬ』。

どういうゲームなのか聞いたらずいぶんと難しい顔をしていた。ＭＯＢＡという、説明が難しいジャンルらしい。

実際に一度ゲームしているところを見せてもらったけれど、よくわからなかった。

そういう彼について知っていたこと、知らなかったこと、教えてもらったこと、気づいたこと――寝起きの頭でそれらを思い出していく、
婚約したばかりの塩対応には苦笑いが浮かんで、徐々に打ち解けていけたのは楽しくって、拒絶されたと感じた日は思い出したくないけれど、そのあとの家に来てあのおばあさま相手に直談判《じかだんぱん》してくれたのは素直に嬉しい。

そのあとに迎えに来てくれればなお良かったけれど、自業自得な面もあるし、それも彼らしいと、今となっては穏やかに振り返れるのだから贅沢《ぜいたく》は言うべきではないだろう。

誰かとベッドを共にして、朝、相手が起きるのを待つ時間でさえ愛《いと》おしい——初めてそんな気持ちを教えてくれたのだから。

「——ん」

そんな視線に込められた熱を感じたように、小さく唸《うな》って伊織の目が開く。

数度瞬《まばた》きを繰り返したあとで、彼は跳ね起きるみたいに上体を起こした。

「あ、おはよ、つかさささん。起こしちゃった？」

「おはよう。もう起きてたから、平気よ」

「そっか」

首元を撫でながらのやり取りはすでにはっきりとしている、目が少し眠そうなのはこれは普段からのことだし。

この冗談みたいな寝起きと寝付きの良さは、彼の部屋で眠るようになってから知ったことの一つ。

まるでスイッチを入れると動き出すおもちゃみたいな、オン・オフの切り替えの早さは何度見ても少し笑ってしまう。

「――僕なにか、寝言でも言ってた？」

「いいえ、静かに寝ていたわよ。いつも通りに」

「ならなんでこっち見て笑うのさ……」

解せぬと顔に大書してあるのが一層おかしくて、それでも理由なく笑われているのは困惑するだろう、とつかさは表情を改めて腕を引く。

「ね、もう少しゆっくりしない？」

「それで本当にゆっくりした記憶がないんだけど」

素っ気ない返事に今朝は乗り気じゃなさそうね、とあたりをつける。

少し複雑で残念なことに伊織はそこまで性欲が強くない、もしくは自制が利く方なのだろう。夜の間はともかく、朝になってからの誘いには芳《かんば》しくない返事が多い。

もっともそんな彼に翻意《ほんい》させるという楽しみがないでもないけど。

「二人に会う前に一旦家に戻って準備するんでしょ？」

「それでも時間はまだ十分あるし」

「そう思って油断すると慌てるパターンじゃない？」

ぐいぐいと袖を引くと、振り払われこそはしないものの表情は渋かった。

「ね、少しだけ。いいでしょ、何もしないから」

「信じようという気持ちがあんまり湧いてこないなあ……」

そう言いながらも、伊織は体をベッドに戻した。

互いに体を横向きにして向かい合った姿勢になると、つかさは彼の腕の中に身をおさめる。少し汗が混じった彼の匂いを胸いっぱいに吸い込んだ。

伊織がくすぐったそうに身をよじるのも構わず、彼の背に手を回して体を密着させる。

「つかささん、何もしないんじゃなかったの」

「あら、これくらいはスキンシップの範疇《はんちゅう》でしょ」

「せめて背中撫でまわすのはやめてくんないかな……」

「そんなことしてないわよ」

「え、じゃあこれ誰の手？　怖……」

わざとらしく言って身を震わせた伊織の体が少しずつ熱くなっていくのを感じ、それを測るように胸に額を押し当てた。

「あ」

回された彼の腕がぐいと頭を抱え込む。

髪に差し込まれた長い指が頭の形を確かめるように動いて、耳へとたどり着いた。

「ん……」

少しくすぐったく感じる動きに、つかさの唇から熱い息が漏れる。

しばらく耳たぶを指で弄《もてあそ》んだあとで、伊織は手を顎へと移してつかさの顔を上向かせた。

「……つかささん、暑いでしょ。汗かいちゃうし、そろそろ離れない？」

かけられた言葉は期待していたものとは違っている。

ちょっとした落胆と失望を覚えたつかさは、そっちがそういうつもりなら、と今日が余裕のないスケジュールになることを覚悟した。

「平気。それとも、くっついてるとまずい理由でもある？」

「えー、と、やんごとない理由がある、かな……」

「そう？　でも安心してね、伊織くんがその気でもないのに、朝からえっちしてなんて言わないから」

「……それその気になるまで離れてくれないやつじゃない？」

僕に勝ち目ないじゃん、となんとも微妙な表情で白旗を上げる伊織につかさは笑みをこぼす。

そうしてもちろん、天道つかさは勝利して、望んだ朝を手に入れた。

§

ささやかな勝利の代償として、つかさが友人たちとの待ち合わせのカフェにたどり着けたのは、約束の時間ちょうどだった。

「――それで、こんなギリギリになったわけ？」

「ええ、ごめんね」

「まぁ、連絡はあったし……っていうかそこまで詳しく言わなくてもいいんだけど」

高校からの付き合いである水瀬英梨《みなせえり》の「呆《あき》れた」と言わんばかりの視線に悪びれることもなくつかさは頷《うなず》いて、もう一人の友人に目をやった。

「……なん？　別にうらやましくなかよ？」

語るに落ちる反応を見せた葛葉真紘《くずのはまひろ》が、普段は愛嬌《あいきょう》のある顔をぷりぷりと膨らませる。

「ならどうしてむくれてるのよ」

「べっつにー、つかさちゃんはそうやってウチらとの友情より男の子をとるったいねって思っただけ」

「先にその友情にヒビを入れようとしたのは真紘だと思うんだけど」

「その彼氏を狙ってるアンタが言うんだ……」

「もー、英梨ちゃんは一々茶化さんで。せからしかー」

「アタシが悪いの、これ？」

「だって元々はつかさちゃんの約束破りが悪かもん」

「だから、そこだけは謝ったでしょ」

「そういうのは謝ったって言わんと」

はぁ、と聞えよがしにため息をついた英梨がにらみあうつかさたちを交互に見やり、頭痛をこらえるように額に手をやる。

「二人とも、本気で志野を取り合って喧嘩《けんか》する気なんだ」

「んー、ウチは別に譲ってくれたら喧嘩する気はなかよー？」

「何度も言うけど本気じゃないのに付き合ったりしないわよ。——あとね、英梨もそろそろそういう態度は変えてくれない？」

「……別に、本人の前じゃ何も言ってないでしょ」

「えー、でも伊織クンって、英梨ちゃん見ると散歩から帰りたがらん犬みたいにしぶーか顔しとるよ？」

「どんな顔よソレ……」

自分の態度に多少は自覚があるのかばつの悪そうな顔をする英梨に、つかさは静かな声で諭《さと》すように続けた。

「今だって『志野なんかを』って言いたそうだったわよ？　無理に仲良くしてとは言わないけど、それなら私も二人を会わせないようにするから」

「……だってアイツさ、つかさとの婚約を嫌がってるの見え見えだったじゃん」

「そこを気にしてくれていたのは知ってるし、ありがたいけど、今はそうじゃないでしょ。伊織くんは他の男の子と違うの。わかるでしょ？」

大学に入ってからも離れずにいてくれた友人が、自分を心配すればこそ男子に厳しい目を向けているのはわかっている。

けれど、だからこそそんな彼女が、恋人と険悪でいてほしくはない。

「まぁ、志野も前ほど塩じゃないし、つかさが夏から楽しそうにしてるのは知ってるけど……」

そんな気持ちを込めてつかさが視線を合わせると、やがて観念したように英梨は視線を逸《そ》らした。

「――わかった、ちょっと気をつける。いきなり仲良くなんてのはあっちも期待してないだろうし、それでいい？」

「ええ、ありがとう。彼に会わせられない友達なんて真紘一人で十分だから」

「えー、ウチは怖がらせたりせんし、全然伊織クンに会わせてくれてよかよ？」

「アンタは別の意味で今まさにビビらせてるでしょ……」

「英梨ちゃんは黙っとるだけで、人ににらんどると思われるけん大変ねー」

「うるっさいなあ、そっちこそニコニコしてるだけで違う意味で勘違いさせて回ってるくせに」

「別にそい《それ》でウチは困っとらんもーん」

「あら、じゃあ春のサークル勧誘のときも困ってなかったのね」

「ああ、あれって助けなくてよかったんだ？　なんだ余計なお世話だったかぁ」

「ちょ、そいは入学したばっかの話やろー！」

他県の、しかも女子高出身の真紘が、新入生への勧誘攻勢にわかりやすく難儀していた一件を引き合いに出すと、彼女は赤くなった頬を膨らませた。

「もー、二人してなんかあるとすーぐそれば言うと意地悪かー。ちゃんとありがとねって言ったとに！」

「アンタがアタシのことネタにするからじゃん」

「そうよ、真紘が先でしょ」

「だけん二人がかりでそがん《そんなに》言わんでって、もう」

ぷりぷりと不満を言いながらタンブラーに口をつける真紘も、それほど本気で怒っている様子はなかった。

「――まぁでも良かった、あの調子だと二人とももっとギスるかと思った」

今日ちょっと憂鬱《ゆううつ》だったたんだよね、と続けて英梨はコーヒーに口をつける。

「えー、なんでー？」

「いや、なんでって普通こんなの修羅場《しゅらば》でしょ。真紘《アンタ》はそりゃ気にしないかもしれないけど」

「そいはそいれ《それはそれ》たい！」

「ええ、英梨が気をもまなくったって大丈夫よ」

「そう？」

「だって『初めての相手』にも期限があるけんね」「だって、伊織くんは私に夢中だし」

「え？」「は？」

「迂闊《うかつ》なこと言うんじゃなかった……」

さすがに人目のあるところで本格的に言い争いはしないものの、にわかに殺気立つ二人を前に英梨は頭を抱えた。

§

部屋に入るなり、ウェルカムケーキにもドリンクにも目をくれず、つかさが真紘と二人してキャリーケースの中身をベッドに広げはじめたときにはまだ眉をひそめただけだった。

しかしそこから二人が服に手をかけて下着姿のままで対峙《たいじ》するのを見れば、リゾート風の部屋を見て回る逃避をやめて現実と向き合うしかなかった。

「……撮影のついでに女子会するって言ったでしょ？　先にケーキとか食べない？」

ぐったりとソファーに腰かけて、一応という感じで英梨が尋ねる。

「んー、そん前にちょっと撮ってもらえん？」

つかさとしても撮影するなら、食べ物を入れる前にと考えてはいたが、服を決める前に真紘に言われては張り合わざるをえない。

「そうね。英梨、お願いできる？」

「あのさあ……」

そうして移動した女子会の会場となるホテルで、水瀬英梨が本日一番の大きなため息をついた。

「だったらせめて服着てくんない……？　なんで脱いでんのよアンタら」

「なーん、英梨ちゃん前はもっと凄かの撮ったとに、どうしたと？」

「下着くらいで今更恥ずかしがることないでしょ。着替えだって見慣れたものじゃない」

真紘もつかさも、芸術家気質の英梨のために文字通り一肌脱いだことがある。

ごく私的な撮影だったとはいえ、そのときには彼女の指示で際どい所まで晒《さら》したのにと視線を向けると英梨はうろんな表情で半目になった。

「ヌードはそういう表現だけどさ。アンタらのそれ、ガチの勝負下着でしょ？　そんなの見せられるアタシの気持ちにもなってくれる？」

つかさが身に着けているのは明るい緑を黒のレースが飾る上下、対して真紘は黒をメインにポイントでピンクが入るレースの揃いだ。

デザインといい生地といい、どちらも単に自らの気分をアゲるためだけのものではない。一目で用途が知れるものである。

「えー、でもこれ可愛かろ？　高かったとよ」

「そんなに露出は多くないじゃない、伊織くんのお気に入りだし」

「そういうのが聞きたくないんだって。志野を知ってるだけに生々しいし……！」

その雰囲気とは裏腹に、異性との接点が少ない友人の言葉につかさは真紘と顔を見合わせる。

　二人からすれば過激とも言えないような姿だが、それでも初心な相手は心得ていることもあって頷く。

「大丈夫よ英梨、別にいやらしい写真を撮れって言ってるんじゃないから」

「そうそう、伊織クンに送っても大丈夫なくらいのでよかと」

「二人とも、そんな優しい顔する理由教えてくんない？」

「あ、真紘の分は送らなくていいから」

「えー、ウチの方が目を引くけんって逃げると？」

「聞きゃしない……それと、志野を煽るのにアタシの写真ダシにすんのはホントやめて、マジで」

「だって真紘のその胸じゃどうやったってえっちになるでしょ？」

「つかさちゃんこそやらしかポーズとるの体にしみついとーよ？」

　顔とスタイルの良い友人たちが、完全に話を聞かないゾーンに突入してしまったのを付き合いから知る英梨は観念してソファーを立った。

「――わかった、ちゃっちゃと撮るから、ちゃんとアタシの指示に従ってよね。言うこと聞かなかったらアンタらにケーキはなし」

「別によかけどー、英梨ちゃん一人で食べると？　太らん？」

「大丈夫でしょ、英梨が青い顔するのは決まって冬になってからだもの」

「ハッ倒すわよ」

§

「──つかさ、もうちょい肩の力抜いて。真紘はだらけすぎ、表情ちょっと締めて、そう、行くよ。何枚か撮るから、そのまま──」

いざ撮影がはじまってしまえば英梨には困惑もためらいもなく、硬質な印象の顔に相応《ふさわ》しい真剣な表情で二人に指示を出した。

ソファーに腰かけたつかさと、そのそばに座り込む真紘というささか趣味が入ってそうなポーズにもモデルたちは口を挟まず、ただシャッター音を響かせるカメラのレンズを目で追う。

「──おっけ、じゃあ次は……」

撮影した画像を確認したあと、次のポイントを吟味するように英梨は部屋に視線を巡らせる。

生まれた空白の時間にちょうど同じタイミングで力を抜き、息を吐いた真紘へつかさは視線を向ける。

「ねえ、真紘」

「んー？」

「悪いことは言わないから、伊織くんは諦めた方がいいわよ」

「やーよ、ウチまだちゃんと話も聞いてもらっとらんもん」

真紘の偏った嗜好《しこう》と、その理由をつかさは知っている。

初カレと初カノ同士で結婚した両親に憧れる彼女は、女子校生活のあと、希望を持って進学した福岡のこの大学で人生初めての彼氏を作った。

真紘は慎重に決断したし、熱意を知っていたからこそつかさと英梨も評判を聞いて回ったその相手は、決して軽薄な男子ではなかった。

真紘と同じ県外からの進学で、ちょっと堅いくらいに真面目で――それでも付き合ってひと月足らずのうちに彼は変わっていった。

けれどそれは当事者以外にとっては珍しくもない、男女関係にはよくある終わりの一つに過ぎなかったと思う。

どちらかに大きな問題があるわけではない、いくつかのすれ違いと価値観の違いから来る自然な別れ。

それでもその結果に真紘が涙するのは当然だったし、つかさも英梨も不運だったと慰めたのも、間違いではなかったと思う。

ただ、それだけではなかったのではと気づいたときには、真紘の元恋人は片手では数えられないほどになっていた。

そうして今、いよいよ彼女にはつかさたちの言葉が届かなくなりつつある。

「別にね、マウントをとりたくて言ってるんじゃないの」

「……そいでもよ。今回はつかさちゃんの言うことでも知らんもん」

真紘が求める恋人の条件を、伊織はきっと満たすだろう。

それでも、彼が友人に応えることはないだろうとつかさは確信していた。

「伊織くんが急に私を嫌いにでもならない限り、誰かに乗り換えたりなんてしないわよ、これは真紘だけじゃなくてね」

「……だけん、そういう人に好きになってもらいたいと。知っとる？　つかさちゃん、ウチ、告白の成功率は百パーセントとよ？」

そう言って浮かべた笑みには少し自虐の気配があった。

そのすべてが破局に至っていることを考えればそれも当然だろう。

「――そう、なら結果で諦めてもらうしかないわね」

「ふーん、ウチだって負けんもん」

真紘が見ているのは、おそらくつかさと付き合いはじめてからの伊織だろう。

だから知らないのだ。

無理もないことだったとはいえ、断ると決めていたあいだの血も涙もない婚約破棄マシーンみたいだった彼のことを。

今はまだかろうじて引かれるだけで済んでいるけれど、もし真紘がこのままアプローチを続けたら彼は彼の信条に従って拒絶するだろう、それもきっと容赦のない言葉で。

そうして、納得できてしまう言葉で拒まれるのは苦しいのだ。

好きになった、そこからもう間違っているのだと言われている気がして。

自分が恋をすること、その全てを否定されるようで。

風呂場で涙を流した日のことを、つかさは今でも思い出すときがある。軽くなった、けれどもたしかな痛みとともに。

だから恋人を譲れないのは当然として、友人にあんな思いをしてほしくないという気持ちもまた決して嘘ではなかった。

第七話　後方腕組み彼氏面したいだけの人生だった……

ミスキャンパスはその名の通り大学で行われるミスコンテストで、おおむね学祭の催事の一つとして実施され、僕らの大学も例外ではない。

今のご時世、外見至上主義《ルッキズム》への批判もあって、廃止や性別問わずの形態に移行するところも多いようだけど、地方のこっちではまだそこまでそういった声は大きくなかった。

そんなミスキャンパスコンテストで僕の恋人で少々ワケありだけど大変顔の良い女子でもある天道《てんどう》つかさは、彼女の友人でこちらもややベー女子の葛葉《くずのは》真紘《まひろ》とともに、予選へ挑む八人のエントリー者のうちの一人としてお披露目の日を迎えていた。

今日のお披露目イベントのあとにはWeb投票があって、八人の中から六人のファイナリストが選ばれることになっている。

そこからミスキャンパス発表の学祭最終日まで、学内でのちょっとしたイベントに加え、SNSやら特設サイトやらでアピールする日々がはじまるわけだ。

天道の挑戦を僕は全面的に応援していくつもりだけど、いざこの日を迎えるとやはり少々落ち着かないものがあった。

なにせ以前に比べれば彼女の悪評を耳にすることは減った（単に恋人である僕の前でははばかられるだけかもしれないけど）とはいえ、調べた限りだとそもそも良くない評判が表に出てるのなんて天道と葛葉の二人だけだったからな……。

ここでそろって予選落ちしたら文字通りのノーコンテストだ。

そうなったとき「決着をつけましょ」みたいに葛葉へドヤっていた天道へどんな慰めの言葉をかけたものか、なんて思いつかない。

他人事《ひとごと》なら「ウケる」の一言で済むんだけどな……！

「――ねえ、さっきからうるさいんだけど」

「何も言ってないのにひどくない？」

「やー、俺もちょいしのっちは揺れすぎだと思う」

「かみやんまで……！」

僕の落ち着かない心中とは裏腹に綺麗に晴れた十月の空の下、体育館前に設けられたステージを前に、恋人の友人である水瀬英梨《みなせえり》が遠慮ない言葉をぶつけてくれれば、僕の友人の神谷大輔《かみやだいすけ》もそれに同意する。

「つか、なんで腕組みしてんの？」

「や、『彼氏がすなる後方腕組み待機といふもの』を僕も一度してみたくって」

「『更級日記《さらしな》』みたいに言うじゃん……」

「『土佐《とさ》』でしょ、『土佐』。あとステージから見たらこっちって前方だけど」

「客席の後方だから……」

「余裕ないんだかあるんだか……」

天道とは高校からの付き合いであるらしい金髪の水瀬は、今日もジャケットに細身のパンツで、デジタル一眼カメラを構えたいかにもっぽい姿をしている。

ただ懐《なつ》かない猫を通り越して終始唸《うな》っている犬みたいな、警戒心とほのかな敵愾心《てきがい》を感じさせる態度が鳴りを潜めているのが、今までとは違うところだ。

「水瀬さん、なんかあった?」

「なんかって、なに?」

「や、前までもっと刺々《とげとげ》しかったじゃん」

「しのっち、ちょいちょい天道さんの友達の当たりが強いって愚痴《ぐち》ってたもんなあ」

「アンタら、普通それを当人目の前にして言う……?」

言われるサイドにも問題がないかなって思うけど、よくよく考えればデリカシーに欠ける気がしないでもないな。

そうか、こういうところを積み重ねたのが非モテへの道なのでは？

まぁいいや、言いたいことを言わないのがモテるために必要なら、僕は非モテでいい
（ただし天道は除く）。

「――まぁね、ちょっとアタシも感じ悪かったと思ったから。つかさにも言われちゃった
し……悪かったわね」

「水瀬さんって謝る機能ついてたんだ」

てっきり、全自動友人の彼氏睨《にら》みマシーンかなにかと思ってた。

「しのっちマズいですよ！」

「ハッ倒すわよ、二人とも。あとそのとってつけたような『さん』付けもいいから」

「了解。じゃあまぁ休戦？　ってことで」

「ん。でも、つかさを泣かせるようなことしたら許さないからね――なに、なんか心当た
りあんの？」

「ナイヨーゼンゼンナイヨー」

夏に僕の部屋でビンタしたあと泣いてたけど、あれは婚約解消後で付き合う前だからノ
ーカンだよな……！

再び鋭さを増した水瀬の視線から目を逸《そ》らす。野生動物相手だったら食いつかれていた

かもしれない危険な動きだった。

「ウソくさいんだけど……」

「あ、ほら次の人の番になったよ」

しかしちょうど壇上で二人目の参加者が呼ばれたので、水瀬はカメラを手に取って表情を改めた。

個人的に天道と葛葉を撮るついでに、運営への協力も依頼されたそうで、良さそうなデータがあれば渡すらしい。

『続きましては、エントリーナンバー二番、劉微《リウウェイ》さん』

ステージの中央で名を呼ばれたのは、艶《つや》やかな長い黒髪の女子だった。

「──あ、しのっち、この人だったっけ？」

「そうそう、優勝候補の一人の『ホノカちゃん』さん」

「へー、うわ、背たっけーね」

「うーん、下方修正《ナーフ》はよぅって感じ」

「脚もなっがいし、ほんとそれだわ」

劉さんは、中国は遼東《リャオトン》半島の大連《ダーリエン》市からの留学生で、百七十センチを超える長身に、切れ長の目をしたエキゾチックな顔立ちのスレンダー美人で、クールな見た目と、外国訛《なま》りの日本語のギャップで親しまれ、「微」の字義を由来にした「ホノカちゃん」のあだ名で呼ばれているらしい。

こうして見ると確かに納得の優勝候補だ、くわえてまだ更に大本命のライバルが控えてるんだよな……。

ステージ上に並んだ八人の中で天道には六番が、葛葉には七番が割り振られている。

二人とも堂々とした様子だけど、それは他の参加者だって負けていない。

みんな普通の――というにはちょっとお洒落《しゃれ》な私服姿で、それなのになんというか立ってるだけで全員自信があるのが伝わってくる（偏見）。

あ、いや一人だけ五番の子がちょっと落ち着かない感じじか。それだけで悪目立ちするんだから、実にハイレベルな戦いだな……。

「――あのさ、志野。腕組み彼氏面《かれしづら》したいんならもうちょっとドンッて構えたら？」

僕なんかよりよっぽど彼氏面が似合う落ち着いた声で、撮影に区切りをつけたらしき水瀬が言う。

「そりゃさすがのつかさも絶対勝てるかって言われたらアレだけど。場違いなことしてるわけじゃないんだし、アンタが不安そうにしてたら可哀想《かわいそう》じゃん」

「う……」

実際僕が不安そうな顔してても天道は「しょうがないわね」って許してくれそうだけど、それでもがっかりさせるってことに変わりはないしなあ。

「わかった、気をつける」

「ヒューッ、みなっさんイケメェンー」

「茶化すな、バカ」

あれ、なんか微妙に僕とかみやんで声色違う、違くない？

そんな視線に込めた思いに気づいたのか気づいてないのか、三人目が出てくるのに合わせて水瀬はまたカメラに集中しはじめた。

「んでんで、後方腕組み彼氏面のしのっち、天道さんとあと葛葉さんはどうなん？」

「えーっと識者の話を総合すると、劉さんと百瀬《ももせ》さんの二強が強すぎるみたいだから、いいとこいって特別賞かなあって」

「ほーん」

コンテストではミスキャンパスと準ミスの他に特別賞も用意されている。

六人のファイナリストの半分が表彰されるのは果たして残酷なのか、そうでないのか、ちょっと判断に悩むところだ。

そうしてミスキャンパスの最有力とみなされているのが、次の四番に控えている僕らの一学年上の百瀬じぜるさん。

　こちらも百七十を超える長身に天道に負けないメリハリの利いたスタイルを持ち、日焼けした褐色の肌にグラデーションのかかった金髪がよく似合う、彫りの深い顔立ちのラテン系美人だ。

「『ディーヴァ』かぁ、あの人こそぶっ壊れじゃんね」

「反則だよなぁ」

　百瀬さんはアメリカのポップスターもかくやというそのド派手な美貌から、一部から歌姫を意味するあだ名で呼ばれる超大学級の存在である。

「去年か来年に出てくれてりゃ助かったのになぁ」

「まぁ就活の絡みで元々参加者は三年が多いみたいだし、仕方ないよ」

「救いはないんですか、しのっち！」

「うーん、参加資格には関係ないんだけど、既婚者なのがどう出るかくらい？」

「え、マ《マジ》？　学生結婚してんの？」

「うん、それも高校時代に。つかささんから聞いたけど、同級生の旦那さんの方が苗字変わったらしくて校内で話題だったって」

「それは草。え、しのっちは？　てんどっちになったりしないん？」

「語呂が悪いんで、ないです」

今思い返すと、天道が「ちなみに伊織くんはどう思う?」って言ったの、もしかしてアレは婿《むこ》入りについて聞かれてたのかな。

学生同士だと大変そうだよね、って答えたら微妙な顔してたのはそのせいか……。

「んじゃー、逆に天道さんたちになんか明るい材料はないいん?」

「あー……本人とも話したんだけど、やっぱ今年の一年を含めて、うわさをよく知らない層からどれだけ引っ張れるか、かなぁ」

「おお、ガチめの分析だ」

かみやんが興味深そうに言ったところでどよめきがあがった。

見ればステージでは百瀬さんが中央に歩み出ている、心なしか撮影班のシャッター音も多い気がするな。水瀬もいつの間にか前まで移動してるし。

これ見ると本当、仮に天道に悪評がなかったとしても厳しい戦いになっただろうなあ。

まぁ僕の恋人の方が可愛いですけど?　って顔はしておくけども。

「あー、でも実際今年の春入ってからはそこまで聞かなかった気するし、逆にワンチャンあんじゃね?」

「そうであってほしいね」

ガチのマジの事実である天道の悪評は、こういうお祭りに出るのも許せないくらい反感を覚える人もいるだろうし、なんなら運営がそこらを考慮して予選落ちも十二分に考えられる。

でもたまたま耳にした『ざまぁするならファイナリストに残して希望を持たせてからの方が落差がついていい』っていう意見も頷《うなず》けるんだよな。

いやその分析はあまりに意地が悪い気もするし、結局負けるのかとは思うけど、それでファイナリストに残れるんならまぁ多少はね？

どう考えたものかと葛藤《かっとう》している間に百瀬さんの出番は終わって、エントリーナンバー五番の子に移る。

傍目《はため》にも落ち着かない様子だった彼女は、案の定過緊張で出だしから言葉がつっかえてしまい、あたりには居たたまれない空気が漂い出した。

「……この子には悪いけど、つかさにはラッキーかな」

戻ってきた水瀬がそう言ったのを聞いて、僕はかみやんと顔を見合わせる。

「エグいこと言うなあ……」

「やー、きついっす」

「なによ、コンテストで不安そうにしてたら減点されるもんでしょ。その点つかさは元々自信なら過剰なくらいだし、勝手に引き立ててくれるならいいじゃん」

まぁ実際誰が悪いわけでもないしな、まさか本当に勝手に申し込まれてステージにいるわけでもないだろうし。

しかし水瀬にとっても天道はそんな評価なんだな。ちょっとだけ親近感を覚える。

「なによ、その顔」

「いや、別に？」

「しのっち、ニチャってるニチャってる」

失礼な。

「ところでさ、つかささんの高校時代ってどうだったの？」

「なによ急に」

「や、かみやんと一年の票がカギになりそうだなーって話してたから、高校の後輩とかどうなんだろって」

「それ、天道さんが高校では目立たってなかったってことないっしょ？」

「あー……」

少し考えたあと水瀬はニヤリという表現が似合う笑みを浮かべた。

「期待できるんじゃない？　一年だとほとんど悪いうわさは聞いてても、また聞きのまた聞きでしょ。つかさの高校時代の人気を考えれば――」

「おお……！」

「あれ、でもさ、それってディーヴァさんも同じなんじゃね？　そっちと票が割れたりしねーのかな」

「あっ」

「おぉ……」

　ダメみたいですね……。

　なかなか聞かないレベルの綺麗な「あっ」で全てを察した。そうだよな、百瀬さんも同じ高校で天道の一つ上なら新入生とも在学期間は被《かぶ》っているはずなんだ。

　仮に天道が学校のアイコンくらいにバリバリの人気者だったとしても、それが本格的に到来したのは百瀬さんの卒業後になるんではなかろうか。

『続きましてエントリーナンバー六番、天道つかささん、前へどうぞ――』

　僕らが言葉を失っている間に、天道の出番がやってきた。

　名前を呼ばれて中央へと歩み出る彼女は、ステージ映えを考えてか、普段以上に気合の入ったメイクで、太々《ふてぶて》しいくらいに堂々とした所作はいつも通りだ。

　やっぱり、ファイナリスト入りまでは心配いらないんじゃないかな（ひいき目）。

6

『――学部二年、天道つかさです』

そうしてこれも当たり前と言えば当たり前だけど、スピーカーから聞こえてきたのは僕が初めて聞く類《たぐい》の彼女の声だった。

水瀬や葛葉と話すときの油断した感じとも、講義中の真剣で落ち着いた声とも、もちろん僕を振り回してくれる普段の彼女とも違う。

『私が今回、このコンテストに参加した理由は――』

不特定多数の誰かに向けて「自分」を訴える天道つかさの声は、堂々としていて、まっすぐで、凛々《りり》しいとさえ言えるほどの力を感じるものだった。

でも水瀬はちょっとシャッター音うるさすぎじゃないかな……。

しかしそれさえ今の聴衆たちはあまり気にならないようで、希望的観測かもしれないけど、「あの天道」に対してちょっと構えていたような空気は霧散して、皆お行儀よく天道の言葉に向き合っている。

「――しのっち、これはもらったんじゃね？」

かみやんの言葉に油断はできないと答えようとしたところで、ステージ上の天道と目が合った。そんな気がした。

なので僕は腕組みしたままで深々と頷く。

水瀬に言われたからではなく恋人の勝利を願う者として。

それはもう撮影しておきたいくらい見事な彼氏面だったと、かみやんはのちに語った。

『——はい、ありがとうございます。天道つかささんでしたー』

『ありがとうございました』

§

「ふぃぃぃ………………」

イベントが終わり、人が三々五々散っていく中で僕は車止めの柵に腰かけて長く息をはいた。

「いやー、知り合い出てっと変な緊張すんね。俺とかガチで無関係なのに」

「わかる、僕もなんかどっと疲れたよ」

腕組みしていたせいか肩とか首がなんかもうバキバキだ。

雑談の合間にストレッチをしながら、天道たちの帰りを待つ。

「お、戻ってきたんじゃね」

「——あれ、葛葉も一緒なのか」

かみやんの視線の先を追うと、左にご機嫌の水瀬、右にこちらはいつも通りゆるふわの葛葉を引き連れて、威風堂々と天道がこちらに向かってきていた。

いつもよりそれに圧を感じるのはステージでの一面を見たからかなぁ。

「おつかれさま」

「ありがとう。どうだった？　あ、神谷くんも来てくれてありがとうね」

「アッハイ、いえ、天道さんもおつした」

「格好《かっこ》よかったよ、つかさ」

「水瀬がそれを先に言うのか……まぁ、僕も格好よかったと思うけど」

「もう、ちょっと英梨？　今度は邪魔しないでね」

横からインターセプトしてきた友人に釘を刺し、腰に手を当てたこの上ないドヤ顔で恋人様が僕の目をまっすぐに見つめて笑う。

「それで、惚《ほ》れ直してくれた？」

「……この状況でそれを聞くのはズルくない？」

「いいから、どう？」

互いの友人と、あとついでに隣にいるまだ友人らしいゆるふわモンスターが、ジト目をしてるのに気づいてもらえないだろうか。

「まぁ、まぁ、そうだね……」

「もう、それじゃああとでゆっくり聞かせてね」

「もーって言いたいのはウチの方やけんね」

そうして意味深な言葉で、葛葉が我慢を爆発させる。

「ねーねー伊織クン、ウチには？　なんかなかと？」

「え、おつかれさま？」

「なーん、そんだけー!?」

しかし葛葉の横やりをありがたく思うときが来るとは思わなかった。

というか本当にあんだけバチバチにやりあって、なおかつ下手すれば雌雄が決するイベントのあとでも一緒って、女子の友情は本当に複雑だな……。

「えーと……あぁ、そうだ、訛《なま》ってなかったから、ちゃんと喋れるんだなって」

「ええー、そんだけー？　ほかになんかなかと？」

そう言われても優勝候補二人の迫力と、ついでに普段と違う天道の様子にかなり意識を持っていかれたからなあ。

「もー、つかさちゃんばっか見とったとやろー」

「それはそう」

当たり前すぎる指摘に「当然では？」という顔をすると葛葉がむくれた。

「なんでー!?　ウチもちゃんと見とってよ！」

「いや、志野にそんな義理ないじゃん」

「英梨ちゃんは黙っとって」

「アンタね……！」

「だから伊織くんは私に夢中だって言ったでしょ」

「え、しのっちマ？　そんなこと言ったん？　やー、やってんねぇ！」

「いや、僕がじゃなくて、それを言ったのはつかささんだから……」

迂闊《うかつ》な否定の仕方をすると水瀬に刺されそうなので言葉を選ぶけど、関係が複雑すぎて面倒くさいことになってるな……！

「イケメンだったのは天道さんだったかぁ……」

甘えたい恋人と、彼氏面するその友人と、僕を狙って恋人と競争関係にある恋人の友人？　に野次馬気味のかみやんか。整理してもよくわからない集まりだな。

特に葛葉は今どんな気分で天道の隣にいるのやら、ここが一番謎だ。

「なーん、どしたと伊織クン？　ウチんことじっと見てー、あ、つかさちゃんと別れる気になった？」

「ハハッ」

冗談のセンスは確実に類が友を呼んでいるなあ。

「そん笑い方腹かくとやけど……！」

「じゃあ親切で言うけど、葛葉はそうやって現実と願望をごっちゃにするの、やめといた方がいいよ」

「もー、伊織クンのそういうとこ好かーん」

「だからちょっかい出さない方がいいって言ったでしょ」

僕としてはそのまま嫌いになってくれて一向にかまわないんだけどな……。

「ところで英梨、写真はどう？　良いの撮れた？」

「もちろん、ばっちり。レタッチしてからクラウドにあげておくから、気に入ったの使って。真紘もね」

「わかった、ありがと」

「あいがとねー、可愛く撮ってくれた？」

「そこは素材次第」

「なら大丈夫たい！」

これは豪語する葛葉と、確認さえしない天道のどっちが自信家なんだろう。

まぁでも今日のステージで、自信の有無によって印象が大分変わるんだっていうのを実感したしな。

これくらいでないとファイナリストになんて残れないんだろう。

いや、そもそもで言えば見た目を競うコンテストに出場しようなんて、自信か確信がなきゃできないムーブだと思うけど。

「伊織くん」

「――ん、なに？」

ちょっと思考に沈みかけていた僕を、いつものように天道の声が引き戻す。

婚約する前のようにちょっと華やかな感じの彼女は、見慣れた笑顔を僕に向けた。

「私、頑張るから、応援してくれる？」

正直なところを言えば、まったく不安がないわけじゃなかった。

単純にコンテストの結果だけではなく、こうして目立つことでなにか良くない事態を招くんじゃないかということも含めて。

ただそんなことは、当事者である天道も当然に考えるはずだ。

それがわかった上で彼女が頑張るというなら、そう決めたのなら、応援しようとこちらも当然のように思えた。

「――うん、もちろん。応援するし、ちゃんと最後まで見てるから」

だから水瀬の注文通りにまっすぐに天道の目を見つめて答える。

まだ多少の虚勢が交じっていても、今の僕にできる精いっぱいの彼氏面で。

「ありがとう、心強いわ」

「あ、伊織クン、ウチはウチは？　応援してくれんと？」

「葛葉はつかささんに勝たない範囲で頑張って」

「なんでー!?」

当たり前なんだよなあ。

――なおWeb投票の結果、天道とついでに葛葉の二人は見事ファイナリストに選出された。

誰よりもドヤ顔をしていたのが水瀬だったことは、語り継いでいきたいと思う。

第八話　彼を知り己を知れば

地下鉄のホームから二階分の長い長いエスカレーターを上り終えて、地下一階の博多《はかた》改札口へたどり着く。

地下階だけに天井は低いけれど、照明は明るく左右への視界が開けたことで、それまでの窮屈さから少し解放された気分を覚えた。

表示された交通系ICカードの残額に帰る前にチャージしとかないと、と思いながら自動改札を抜ける。ぱらぱらと散っていく人の流れに乗って、足を止めないまま視線を巡らせた。

待ち合わせ相手である恋人、天道《てんどう》つかさの姿はすぐに見つけられた。

今日も今日とてゆるく巻いた赤みがかった茶の髪に、顔面偏差値激高《げきだか》の美貌と抜群のスタイルを秋の装いで包んだ彼女は、改札口正面の壁際で手元のスマホに視線を落としていた。

なお隣にはなにやら彼女に話しかけている細身の若い男がいるんだけど、これをガン無視している、強い。

「――お待たせ」

「ううん、さっき来たところ」

声をかけると顔を上げた天道は傍《かたわ》らに人などいないかの如《ごと》く笑みを浮かべた。若い男も、僕にチラと視線を向けたあと「ッス」みたいに目礼をしてさっと散っていく。

うーん、実にチャラいけども嫌味のない、慣れと年季を感じる対応だな……。

「今のってナンパ？」

「んー、多分キャバクラとかのスカウト？」

よく聞いてなかったけど、とのたまう天道はすっかり慣れた様子だった。

こういう人の多いところで待ち合わせする機会が今までなかったから初めて見たけども、まぁよく考えるまでもなく珍しいことじゃないんだろう。

しっかし本当に駅であぁいうことしてるのっているんだな。

「そっか、で僕はどこに苦情入れればいいの？」

まぁそれはそれとしてモンスタークレーマーになるのも辞さないぞ。

多分違法か、いいとこグレーな行為だろうし。

「やいてくれるのは嬉しいけど、そこまでしなくていいから。それともなぁに、私が興味もつんじゃないかって心配してる？」

「や、そういうわけじゃないけど……」

「なら、つまらないこと気にしないで、行きましょ？」

「あ、うん」

考え事にふける間もなく、天道が僕の腕を引く。

うーん、しかし毎度のことながら主導権を握られる感じになるな。

まぁ僕がペースを握れたことなんてないし、こっちの方がお互いに楽な気はするんだけど。

「今日はせっかくのデートなんだし」

「コンテスト用の買い出しじゃなかったっけ……？」

「それは半分建前ね」

「ええ……」

ネタばらしが早くない？

楽しそうな彼女に文字通り引っ張られながらテナントが並ぶ地下街をぐるりと回って、エスカレーターで地上に出ると、軽快な音楽が僕らを迎えた。

見れば駅前広場の大屋根の下にビアガーデンみたいなテーブルと椅子が並び、それを囲むようにぐるりといくつものテントが立っていた。

まだ開場時間の前なのか、入り口に「準備中」の札がかかったロープが渡された、その空間にふと興味を引かれて足を止める。

テントにはアルファベットで書かれた看板がかけられてたけど、どうやら英語ではなさそうだった。

「あれ、なんのイベントかな」

「あぁ、確かオクトーバーフェストね、ミュンヘンのビール祭り」

聞き返すより早く天道がそう説明を付け加える。

「へー、ここってクリスマスマーケット以外もやってんだ……え、博多でミュンヘンのお祭りを!?」

いやまぁ、しちゃいけない理由もない気はするけど。

在来線、新幹線、そして地下鉄と複数の路線が乗り入れる博多駅は僕らが小学生のころに駅ビルが新しくなって、今では遅れて再開発に入った天神《てんじん》と人気を二分する市の中心地だ。

週末だけじゃなく平日でも中々込み合っていて、お祭りをするにはうってつけの場所だろう。

「細かいことを言わないの、名前的にはどこでやってもいいでしょ」

「まぁそうだけど。じゃあここで皆昼間っからビール飲んで騒ぐわけだ」

「言い方。それに多分食べ物のお店もあるでしょ、ソーセージとか」

　それはビールのつまみなのでは？

「アイスヴァインとか？」

「ワインはどうかしら、ビールのお祭りだから、ないんじゃない？」

「あれ、なんかそんな料理なかったっけ、なんか肉つかったやつ」

「あぁ、アイスバインのほう？　そっちは『ヴァ《v》』じゃなくて『バ《b》』ね」

「そんな厳密に発音したつもりないんだけど……」

　言語学者なのかな？

「どっちもドイツにあるものだから仕方ないでしょ」

　それにしても詳しいな。やはり天道家くらいのお金持ちだと、実際に現地へ行ったこともあるんだろうか。

　僕が他に知っているドイツの食べ物なんてザワークラウトとバウムクーヘンとあとシュトレンくらいだけど。

「気になるなら、お昼はここで食べる？」

「うーん、でも僕はアルコール飲めないし、混みそうだからいいかな」

あとこういうところってお高そうなイメージあるしな。ソーセージ一皿で八百円とか言うんだ、きっとそうなんだ。

それが実際に割高なのかどうかはわからないけど。

ともあれ天道も僕がちょっと興味ありそうだから、程度の気持ちだったんだろう。そう、と頷《うなず》いて彼女は再び僕の腕を引く。

並んで駅構内に入ると、いつも通りに甘いクロワッサンの匂いが僕らを迎えた。

スン、と隣の天道も鼻を鳴らした気がする。

「こっちはいつも通りだね」

「そうね。長居すると並びたくなっちゃうから、行きましょ」

「あ、うん」

行列のできる人気店の魅力はお金持ちにも有効らしいな、なんて思いつつエスカレーターへと向かった。

§

そうして気づけば僕らはメンズのアパレルショップにいた。

「……ねえつかささん、今日は半分建前とはいえコンテストの衣装選びじゃなかったっけ」

「ええ、そうだけど」

「ならなんで僕の服を見ることに？」

いや「それが何か」みたいな顔して僕に服を合わせてるけど、これっておかしいのはこっちじゃないよな、と思っていると恋人様は唐突にお綺麗なその顔を曇らせた。

「――最近ね、おばあさまの惚気《のろけ》がひどいの」

「ええ……？」

僕の知らない間に天道家ではそんな愉快なことが起きているのか。そして祖父が何をしたらそんな事態を引き起こすことになるんだ。

「ほんっとうにひどいの」

「そんなに」

でもそれって現状にはつながらなくない？

もし惚気返しをするにも、僕と祖父じゃジャンルが違うし、そもそも世代間格差がなあ。学生の付き合いで祖父母世代に響くような話ってできるんだろうか。

あともしパートナーのお洒落《しゃれ》さを競おうっていうつもりなら、一生臍《ほぞ》を噛んでもらうことになりそうだけど。

「だから、二人で学祭に来られたときのために備えておきたいのよね」

「あ、そういう方向なんだ」

「ええ、伊織くんの方が素敵だっておばあさまに認めさせなきゃ」

「無理じゃない？」

「ちょっと？」

「や、僕らがどうこうじゃなくて、つかささんと同じようなことをあっちも思ってるんじゃないかなって」

不毛では？　と訴えると天道は一理あるというように頷く。

「まぁ、それはありそうね。あと、服装にまで口を出すのって、束縛が強い感じがしてやめておいたんだけど……」

手は止めないままに何か言いたげな上目遣いの視線を向けてくる彼女に、その辺の遠慮はまだあったんだなあ、なんて呑気《のんき》なことを考えていた。

「なぁに？　言いたいことがあるならはっきり言って」

「や、服のセンスないのは自覚してるし、選んでもらうのはむしろありがたいけど。ただ、つかささんもそんなこと気にするのかって思っただけ」

「それはどっちの意味？　おばあさまたちとのこと？　束縛のこと？」

「両方かな……」

「それは、気になるわよ。いけない？」

ちょっと拗《す》ねてみせる天道もこれはこれで味わい深いな……。

「別にいけなかないよ。単に新しい発見だなって」

「そう……」

ちょっと何かを考えこむように口をつぐんだ天道は、むうって感じで眉根を寄せたあと手にしていた服を棚に置いた。

そうして、僕の胸に人差し指を突き付ける。

「あのね伊織くん、あんまり私を甘やかさないでくれる？　言いたいことがあるなら早いうちに言ってくれないと、のちのち困るのは私たちなんだから」

「ええ……」

僕は何を言われているんだろう。

「どうしたの、急に」

「前々から思ってたけど、キミはちょっと私に甘いと思うの」

「それを自分から言うのか……」

困惑は深まるばかりだ。

まぁ世間一般からそう評されるのは仕方ないかって自覚はあるけども。

あと多分「ちょっと」じゃなくて「かなり」だと思うけど。

「心当たりがあるんならつかささんの方で自制するとか」

「無理よ、できるなら甘やかされていたいもの」

うーん、潔《いさぎよ》い。

あと夏に苦情もらったけど、確かに「無理」って言葉は中々に力強い響きだな。

貰いどころが悪いと一発で膝に来そうだ。

「ならもうしょうがなくない？」

「ダメよ、そうやって節度をなくすとよくないって身近な例が証明してるでしょ」

「そこで葛葉を引き合いに出すのはやめてあげようよ……」

僕にとってはこちらを狙う危険なゆるふわモンスターな彼女だけど、天道にとっては一応まだ友人じゃないっけ。

「あら、別に私は名前を出してないわよ」

「それは言うまでもないからでは？」

「それに本人にも何度か伝えているから、陰口でもないし」

「ならいいのかな……」

人のふり見て我がふり直すのも大事だけど。この場合直そうとしてない気もするな。

「まぁでも、僕だって本当にしてほしくないことがあればちゃんと言うし」

「例えば？」

「そうだなぁ、誰か男と二人っきりで遊びに行くとかはやめてほしいとか」

「それはしないけど。もう少し他にはないの？」

「じゃあ顔出しの配信は怖いから絶対しないでほしいとか」

「それもしないけど、配信に興味もないし。そういうのじゃなくて、もっとこう普段してるようなこととか、逆にこうしてほしいとか、色々あるでしょう？」

さすがに人目の多い店の中では遠慮したようだけど、久々にバンバンしそうな勢いの天道を見たな。

「じゃあそろそろ手料理を食べたいっていうのは？」

「ん、わかった、なら今夜ね」

判断が早い。

思わず理解が置き去りにされたけど、ちょっと今大事なことを言われた気がする。

「――え、でもいいの？　なんかてっきりイベントとかのタイミングでお披露目を狙ってるのかと思ってたんだけど」

　それこそ僕の誕生日まで待たされるかと。

「この流れでダメなんて言ったら、いよいよ私ワガママがすぎるじゃない」

「いや、別につかささんは自然体のままでいいと思うけど」

「言外《げんがい》にワガママだって肯定しなかった？」

「そういう考え方もできるかもしれないね」

「もう――」

　何かを言いたそうにした天道は、結局それを呑《の》み込んだ。

「とにかく今日、泊りに行くから」

「うん、楽しみにしてる」

　よし、楽しくデートができたな！（パーフェクトコミュニケーション）

「――ちょっと伊織くん、それだけ？」

　個人的には快挙を成し遂げた感じになってしまったけど、天道的には話題は現在進行形のままらしい。

「え、まだ何かあるっけ？」

「要求が全然ささやかじゃない、他にないの？　私別にケチじゃないつもりよ？」

「そう言われても、さっき言った通り僕がつかささんに感じているのは野生動物の生態的なそれで、躾《しつ》けられたペットの魅力とは違うし」

英国放送協会《BBC》の番組とかでやる「秘境に住む肉食獣、その驚きの生態」みたいな。

「さっきそんなこと言ってた？」

「言った言った」自然体（肉食獣）って。

「そう……だった？」

しばし考えるそぶりを見せたあと、天道はやっぱり複雑そうな表情で口を開いた。

「——ところでそれは、ありのままの私が好ましいってことでいいの？」

「だいたいそんな感じ」

まぁもっと他にも、天道にひと手間を加えてより僕好みにっていうのがまったく想像できないっていうのもあるけど。

「それならそうと言って！　どうしてさっきから微妙な言い回しをするの！」

がおーと吼《ほ》える天道に二の腕をバンバンされた。

「いたいいたい……じゃあ逆にさ、つかささんは僕に言いたいことないの？」

「え、私？」

不意をつかれた、という感じで彼女は動きを止める。

そうしてそのまま「んー……」と唸《うな》りつつ長考に入った。

「ほら、服がダサいとか、あとは婚約したころの塩対応を恨んでるとか」

「前者はもう変えていいって言質《げんち》をとったし……後者はそうね、私より伊織くんが気にしてるみたいだけど、なにかうしろめたいことでもあるの？」

「アッイエ、ナンデモナイデス」

語るに落ちましたね、これは……。

そうして上目遣いで意味深な視線を送ってきた彼女はふっと微笑む。

「——でもそうよね、私たちも大事なのはこれからだし。おばあさまの『伊織くんのおじいさまが喜んでくれた自慢』がちょっと羨ましかったくらい、大したことじゃないわね」

「ええ……」

孫に対してどんなマウントの取り方してるのさ、天道さん家《ち》は。

「今からだって自慢できることはつくれるし」

「お手柔らかにお願いします……」

そしてなんか葛葉よりよっぽど自分の祖母に対抗心見せてない？　強敵度合いで言えばそりゃあ圧倒的に上な気はするけど。

「あー、でもじゃあ僕も要望出さなくても大丈夫そ？」

「ええ。よくよく考えたら天道家は代々ワガママを聞いてもらう家系だし、伊織くんがそれでいいなら、私ももう遠慮しないわ」

「なにそれこわい」

まだ僕に遠慮があったのか……。

あと自分の血族への深刻な風評被害じゃない？

「事実だもの。母も姉も、父や義兄《にい》さんにはそういう感じだし。おばあさまだけは違うのかと思ってたんだけど、どうもそうじゃなかったみたいだし」

「ええ……」

これはもしや、藪をつついて蛇を出してしまったのではなかろうか。

嬉々として新しい服を取りに行く天道を見ながら、僕はあまり高い出費にならないようにと祈っていた。

§

――そうして肝心の自身の買い物で、僕の「可愛い」「格好いい」「お洒落」というクソ雑魚語彙《ざこごい》の誉め言葉を聞きわけて、無事天道はコンテストに向けて納得いく衣装を決めることができたようだった。

なお複数をお買い上げしてどれにしたかは学祭当日のサプライズになった模様。

僕がうっかり情報漏洩するのも防げるし、完璧な態勢だ。

そもそもそこまでする必要があるのかという疑問だけども。

「それでつかささん、今日のご飯は？」

「ヒミツ、どうせならできてからのお楽しみの方がいいでしょ」

一旦、家に帰って用意をしてお泊りに来た彼女は、調理中は部屋から出ないように言い渡すほど徹底していた。

なんなら衣装よりがっちりガードしてるんじゃなかろうか。

まぁかなりたくさんのものを切ってた包丁の音と匂いと、現在進行形で煮こんでいることから、なにか煮物を作ってるのは間違いないんだけど。

「じゃあちょっと見てくるから、覗《のぞ》いちゃダメよ」

「ここまで来たらちゃんと待つよ」

「ええ、そうして。それと頼んだの、お願いね」

「うん」

ぱたん、と素早くキッチン（通路）への戸を閉める天道を見送って、僕はノートPCの画面に目を移した。

曲名と「歌ってみた」のキーワード検索で出てきた動画を、原曲を一番目にした再生リストへ登録していく。

ミスキャンパスコンテストの本番当日には、参加者たちに三分弱のアピールタイムが与えられる。

そこで天道がパフォーマンスとして選んだのは歌、それもボカロ曲のカバーだった。

実に意外な選択だけども、本人曰《いわ》く普通のエンタメ方向では優勝候補の百瀬《ももせ》さんと被《かぶ》る（ディーヴァのあだ名にふさわしく、高校の文化祭でも歌って踊れるところを見せたらしい）し、陽キャからの支持は取り付けづらい。

それこそ日舞《にちぶ》とか琴とかのお嬢様っぽいことはできないでもないけど、どうしても地味だし、三分という短い時間との相性もあまりよくない。

そもそも意外性とかインパクトには欠ける。

だから、うわさには縁遠くて、かつ葛葉の支持層にもなりそうな文化系を切り崩しに行くための戦略なのだという。

わが恋人ながら分析がガチすぎてちょっと引く。

と思ってるとキッチンから、じゅーと何かを焼く音が聞こえはじめた。

「うーん……」

天道が候補に選んだのは今年の六月に発表された曲で、今でも歌い手や配信者のカバーが投稿され続けている人気作だし、長さも三分弱とぴったりだ。

ライト層のウケは言うまでもなく、にわかに厳しいディープな層にも、パフォーマンスさえ良ければ評価は期待できるだろう。

ただそれも結局は天道の歌唱力次第なんだよな。自信家ではあっても誇大妄想はしない彼女のことだから、ちゃんと勝算もあるんだろうけど……。

「――伊織くん？　ご飯できたから、ちょっとあっち向いててくれる？」

「あ、うん」

徹底してるなあ、と思いつつ要求の通りテーブルに背を向けた。

コト、コトと皿を置く音と食欲をそそる匂いを感じつつ待つことしばし、「どうぞ」の声を受けて僕は振り向く。

「おお…………おぉ…………」

そうしてテーブルに並べられた料理と見事なドヤ顔を決める天道に視線を行き来させた。

中央にはサラダボウルが置かれ、それぞれの席の前にご飯と豚肉の生姜《しょうが》焼きとがめ煮の皿が並ぶ。

それは天道つかさの印象からすれば少し地味な、けれどそれ以上に家庭的な、いかにもな「手料理」だった。

「どう、感想は？」

「うれしい」

「そ、そう？　ならもうちょっと表情に出してくれていいんだけど……」

「超うれしい」

語彙力の消失した僕にやや引いた様子ながらも、なんとなしに天道はほっとしたように頷《うなず》いた。これも結構珍しいリアクションだな……。

「じゃあ、味も確かめてみて」

「うん」

「伊織くんがあんまり素直だと、それはそれでなんだか不安になるのよね……」

これは僕と天道のどっちが不憫《ふびん》なんだろうな、と思いつつがめ煮に箸を伸ばした。

どれを一口目にするか、ちょっと悩んだあとでタケノコを口へと運ぶ。

「おいしい」

「望んでた言葉のはずなんだけど、この気持ちはなにかしら……」

「すごくおいしい」

「ありがと！」

なぜかやけくそ気味に言われてしまった。

ともあれがめ煮は具材は食べやすい大きさ、固さで味もよく染みているし、ちょっと濃い目の味つけが嬉しい生姜焼きはご飯が進む。

合間合間にサラダのシャキシャキした生野菜で舌をリセット。栄養的にも大正解だ。

そうやって食事に夢中になる僕の姿に、複雑そうな気配を発していた天道はどうやら笑ったようだった。

「――こういうのって肉じゃがが定番だと思うんだけど、それじゃちょっとつまらないでしょ？」

「おいしい」

「もっと凝った料理も考えてはいたんだけど、それだと今度は次のときにハードルが上がっちゃうし」

「おいしい」

「ぶつわよ」

「ふぉめん《ごめん》」

「食べながら話さないの」

もう、と言って天道も箸を手に取る。

「――だから伊織くんが好きなお肉と、うちの味つけの煮物にしようかなって」

「マーケティング的にも大正解だと思うよ」

馴染《なじ》みのある献立《こんだて》だけど、絶妙に手間がかかったり材料が多かったりで、自分のために作ろうとはあんまり思えないもんな。

「どこのマーケットか知らないけど、待たせた分は喜んでもらえたみたいね」

夏からこっち天道つかさの独占が続く僕市場かな……。

がめ煮の鶏肉を味わいながら頷いた僕に、天道は食事の手を止めて微笑む。

「ありがとうね、伊織くん」

「――え？」

それはこっちの台詞《せりふ》では??

「だってキミの『おいしい』が、家族に言ってもらうのとこんなに違うなんて思わなかったから」

それにどう答えたものかと語彙力の失《う》せた頭で考えている内に、「まぁ、くり返しで少しありがたみは薄れちゃったけど」と続けた天道は話はおしまいとばかりに食事に集中しはじめる。

耳を少し赤くしていた彼女が、照れていたのだと気づいたのは、僕がおかわりしたご飯とがめ煮を食べ終えたあとだった。

「――ごちそうさまでした、おいしかったです」

せっかくの余韻をぶち壊したらしいお詫びを込めて、もう一度だけ感想を伝えると、天道は勝ち誇るように微笑んだ。

「おそまつさまでした。そう言ってもらえたらなによりね」

それは秋も深まった、ある夜のことだった。

第九話　決戦前々日

例年四日間にわたって行われる学祭の二日目は、冷たい雨に降られた初日に続いてどんよりと雲がかかった、実に冴《さ》えない天気だった。

もっともセレモニーだけの初日と違い、模擬店と展示がはじまる祭り本番の日ということもあって、周囲には景気の悪い空模様を感じさせないほどの熱気があふれている。

「——好みを無視してモコモコのルームウェアとかスリッパを贈る」

「——とりあえずピンクのやつは褒めとけみたいな風潮」

「——すっぴんの方が可愛いよとか言っちゃう」

「え、それ何がダメなん？」

そんな中、かみやんを含む友人たち三名はなぜか真剣な表情でよくわからない議論に熱中していた。

「……さっきからみんなして何やってんの、それ」

「はー？　空ばっか見てないでちゃんと聞いとけよなー、いおりん」

「これだから彼女いるやつはダメだな！」

「そんなダメ出しされるのは初めてだな……」

「いや、ここはむしろ有識者のしのっちにこそ積極的に発言してもらいたさある」

「有識者って、結局なんについての話さ」

「『テーマ、非モテがやりがちなこと』」

「ええ……」

何だってそんな不毛で景気の悪い遊びをはじめちゃったんだ。

あと自慢じゃないけどそのテーマだと有識者の意味が非モテ的な方向に変わってくるぞ、僕の場合。……あれ、もしかして最初からそっちの意味なんだろうか。

「でもあんまり意識しすぎると、かえってやらかしそうな気がするけど……」

「は？　黙れ非童貞」

「ミスコンファイナリストと回る学祭は楽しいか？」

「いきなりピキるじゃん……」ちょっと沸点低くない⁇

「まーまー、みんなおちつけって」

あと普通に楽しみだけどって追い打ちかけるのは、せっかくのお祭りだしやめておこう。誰も幸せにならないしな……。

まぁ肝心の天道《てんどう》はそのミスコンの打ち合わせやらで、今日の午前は別行動になっているんだけど。

「でもまぁ、女子と一緒がいいなら適当に声かけてみたら？　ウチが無理でも他学の子とかさ」

規模で言えば市内の大学にはもっと学生が多いところもあるけど、立地のよさと模擬店の多さもあって賑《にぎ》わい的には負けてない。

いかにも外部っぽい女子グループなんかも結構見かけるし、雰囲気的には割とハードルが低いと思うんだよな。僕にできるとは言わないけど。

「や、それはちょっと……」

「別にそういうんじゃないし……」

「弱い」

「いやいやしのっち、今日はまだ男子会なだけだから！」

「今日『も』じゃない？」

別にそれに文句をつける気はないけどさ。

「はー？　今日『は』であってますー」

「明日はよっしーの伝手《つて》で福祉《ふくし》大の子たちの案内すっことになってっから！」

「へえ、そうなんだ。頑張って」

「この余裕よ」

「いおりんには紹介してやんねーけどな！」

「いや、それは別にいいけど。そもそも紹介できるところまで持っていけそう？」

「エグい刺し方してくるじゃん……」

「もしかして人の心とかお持ちでない？」

軽いジャブのつもりが大分重い一撃になったらしい、でもこんな調子で明日は大丈夫だろうか。

「ほならね、いおりんがお手本見せてみろって話なんですよ」

「むしろ彼女持ちとして俺らに有意義なアドバイスくれるべきじゃね？」

「しのっちの経験は今日この日のためにあったのでは？」

「絶対に違うと思うよ」

かみやんまで一緒になって何を言いだすんだ。

あと女子にスマートな対応をしたいなら、確実に僕以外に話を聞いた方がいいと思うぞ。

「そこはほら、簡単な心構えとかでいいからさ、頼むよしのっちー」

「うーん、でもまぁ相手が乗り気なら話とか振ってくるだろうし、無理にいいところ見せようとするよりも受け身でよくない？　聞き上手がモテるって聞いた気はするし」

「乗り気じゃなかったらどうすんのよ」

「そんな状況をどうにかできるアドバイスは僕の力を超えている……」

「はー、つっかえ《つかえねー》！」

それで非モテをなげきおえたのか、辛くなってきたのかおしまいとばかりに友人たちは手を叩いた。無事当たって砕けてほしいところだ。

「そんでミスキャンはどんな感じなん？　俺も一応知り合いに声かけといたけど」

「あ、それはサンキュ。うーん、ＳＮＳなんかは結構反応あるけど、どうかなあ」

露骨に話題を変えてきたな……まぁ引っ張っても不毛だから乗っておくけど。

「結局あれって特設サイトの投票結果見えないしなぁ、中間発表はあてになるらしいけど、実は出来レースって話はあったわ」

「いやいや、でも四年の人に聞いたら、わりと毎年読めないっつってたぜ？」

「ミスキャンパスはさすがに納得ってのが多いらしいけど、特別賞だっけ？　あそこら辺は結構意外なのもあったってさ」

「お、おう……そうなんだ」

なんだろう、思ってたより結構皆しっかりと調べてくれてるんだな。

とはいっても意外な選出っていうのも、ステージでのパフォーマンスとかが動画で残ってるわけじゃないし、あくまで個人がそう感じたってだけかもしれない。

「ただまぁ、今年はレベルたけーしなあ。百瀬《ももせ》さんと劉《リウ》さん被《かぶ》ったところに、天道と葛葉《くずのは》も参加だろ？」

「ネットで百瀬さん関連のつぶやき誰かがまとめてたもんなー」

「そんなことになってるのか……」

うーん、しかしやはり厳しい戦いになりそうなのは間違いないか。

天道の勝利を祈りつつ、同時に過剰に期待して凹まないようにする、と高度な柔軟性を保ちながら臨機応変に対応していく必要があるな。

「しっかし、ＳＮＳつったら天道もだけど、葛葉宛てっぽいエグいコメントちらほらあったよな」

「あー、俺も見たわ。すぐ消えてたけど。天道本人はどうなん？　大丈夫そ？」

「そりゃ面白くはないけど、まぁ直接名前出してたりするのは少ないし……つかささんもわざわざそういうの首突っ込んで見たりはしないだろうし」

さすがにミスキャンの公式ＳＮＳ宛てにはなかったけれど、タグを使った発信なんかでは二人を揶揄《やゆ》しているらしき発言も探せば見つかった。

敵視する女子っぽいコメントもそうだけど、葛葉の方はちょいちょい元カレっぽい病み発言とかもあるんだよな。

「──まぁ？　つかささんをつかまえてブス呼ばわりしてるのは失笑したけど？」

「お、おお……しのっちが黒い」

「いや、言いたい気持ちはわかるわ。完全に負け惜しみだろソレ」

「きっと芸能人みたいにお綺麗なんだろうなあ、って自撮りの画像がないか延々履歴を漁っちゃったよ」

「コイツ、なんて目を……」

「わかった、この話はやめよう。ハイ、やめやめ」

自分のことではなくてもエゴサはやっぱり精神健康上良くないってわかったことだけが収穫かな……。

あやうくクソリプを飛ばして回るｂｏｔみたいな、ＳＮＳのダークサイドに落ちるところだったもんな……。

「おしメシ、なんかメシ食いに行こうぜ。俺らの明日といおりんの午後のために！」

「かみやん！　君のオススメを聞こう！」

「え、俺？　えーっと、確か普段鉄板焼きでバイトしてるのが焼きそばやっててヤバそうって話があったわ」

「うし、じゃあとりあえずそこで。いおりんもいいよな」

「いいけど、焼きそばって女子には評価されない食べ物じゃない？　明日のリサーチになるかな」

　経験上女子が食べないなんて言わないけど、男女で、それもまだ付き合いの浅い状況だとちょっと選びにくい気はする。

　そんな素朴な疑問を口にすると、友人たちは途端に黙り込んでしまった。

「――あー、なんか、ごめん」

「いや、いい勉強になったわ……」

「そうだよな、焼きそばはエモくねえし映《バ》えないもんな……そういうところやぞ」

「エモさは関係ないかな……」

　しかし思えば僕はなんかいっつも焼きそば食べてる気がするな……。

§

「そう、伊織《いおり》くんも楽しんでたのね」

「ええ……」

合流後、午前中の話を聞いた天道は実に楽しそうに笑ったけれども、果たして非モテ男子たちの日常に対してその感想は適当なんだろうか。

「それで、焼きそばはおいしかったの？」

「うん、言われてただけのことはあったかな」

「なら私も明日食べてみようかしら」

「つかささんのお口に合うといいけど」

話題になるだけはあって、学食で普段出てくる焼きそばよりも上だった気がするけど、あんまり期待のハードルは上げないでほしい。

「あら私、別に美食家気取ったりしないわよ？　なんでもおいしく食べられるし」

「そうかな……そうかも」

確かにプールやお祭りやらでも、天道が食べ物に注文つけたことはなかったかな。

コンテスト本番はまだとはいえすでに本日も気合ばっちりな彼女の姿に、僕の方が気負っているのかもしれない。

そう考えると当然のようにつながれている手もなんか汗ばんでる気がするな……。

「伊織くん、なにか緊張してる？」

「ソンナコトナイヨー、で、どっから行こうか。お腹は空《す》いてない？」

自分でもようやく自覚した心中をあっさり読んでくるのを適当に誤魔化す。

「ええ、軽く入れておいたから大丈夫。お菓子とか、飲み物くらいなら付き合えるけど」

「僕ももうちょっとあとでいいかなあ」

天道はもちろん、僕の方もサークルの展示の詰めやら友人の手伝いやらでなんだかんだとバタバタしていたせいで、今日のところはわりとノープランなんだよな。

「うーん、じゃあ行っておきたいところとかは？」

「そうね、グリークラブの発表は明日で、英梨《えり》の展示はいつでもいいって言ってたから……顔を出すって約束してるのはいくつかあるけど、今日だと裏千家《うらせんけ》のお茶会くらいかしら？」

人の流れを遮らない位置に移動してパンフレットを広げると、当然のように天道がそれをのぞき込む。

さすがにそれで今更動揺したりはしないけど、ボーイズオンリーイベント（スリーデイズ）だった去年の僕が見たら目を疑う光景だろうな。

相手が天道であるってことを考えると二重の意味で。

「僕、お茶の作法なんてまた聞きのうろ覚えなんだけど、大丈夫かな」

「別に少し間違えたからって怒られたりしないわよ」

「でも無作法なもの知らずって後々まで語り継がれると恥ずかしいし……」

僕一人だけならともかく天道と一緒に参加は余計印象に残るだろうし。

「じゃあ行く前に手順を説明してあげる。あとは実際に私を見て確認しておけば、そこまで複雑でもないから大丈夫よ」

「それならまぁ、なんとかなりそうかな。お願いします」

「ええ、任せておいて」

自信満々なのはいつものことだけど、そう言う天道は実に頼もしかった。

やはり持つべきものはお嬢様の恋人だなあ。逆に恋人がお嬢様でなかったらお茶会に行く機会がそもそもない気もするけど。

「それと明日、明後日《あさって》はちょっと約束してる発表があるんだけど、大丈夫よね？」

「うん、平気。でも案外つかささんも付き合い多いんだね」

「『案外』は余計。伊織くんは？　なにか約束はないの？」

「んー、僕の方は特にはなかったかな……」

「そう、やっぱり友達少ないのね」

「チクチク言葉はやめよう？」

僕からはじめてしまった話だけども、きっちりやり返してくるじゃん……。

「別にキミはそれを気にしてたりしないでしょ？」

「それはそうだけど」

うーん、敵《かな》わない。

まぁ天道が楽しそうだから良いか。

「それじゃあ行っておきたいところは？　私はね、台湾スイーツの模擬店」

「へえ、そんなのあるんだ。でもお茶を飲みに行くなら、ちょっと時間を開けた方がよくない？」

多分お菓子も出るんだろうし。まぁ量的には大したことはなさそうだけど。

「そうね。じゃあ裏千家に顔を出して、次に伊織くんの希望のところに行って、お腹が空いてきたら模擬店でなにかつまむ、どう？」

「ん、じゃあそれで。えーと、今日のプログラムだと、アメフト部のタックル体験はちょっと行ってみたいかな」

「いいけど、大丈夫？」

「人相手にするわけじゃないし、部員がちゃんとしたぶつかり方教えてくれるらしいから、大丈夫じゃないかな」

「ならいいけど、怪我《けが》はしないでね」

「気をつけとく。それとほら、希望者には本人の許諾がある場合のみタックル用のバッグに顔写真貼らせてくれるんだって」

「よくそんな企画通ったわね……というか誰かに恨みでもあるの？」

「いや、特にはないけど」

僕の場合あえて誰かの写真を貼るとしたら父のかな……。

最近迷惑していると言えば葛葉だけど、そっち選んだら天道がどうして私にタックルしないのとか言いだして収拾がつかなくなる気がする。

「あ、ごめん一つ忘れてた。漫研の知り合いに展示見に来てくれって言われてたんだけど、つかささんってそういうの興味ある？」

「正直に言えば全然ね」

「だよね」

天道もメジャーな漫画やアニメとかなら全く知らないってわけじゃないけど、オタク趣味からはほど遠いところにいる存在だしなあ。

僕の付き合いでゲームとかにも多少は触れはじめているけど、ハマるような気配は一向にないし。

「伊織くんについていくのは構わないけど、あちらに迷惑じゃない？」

「や、別にそこまでは言わないと思うけど……」

漫研にだって女子は普通にいるし、ミスキャンパスのファイナリストなんて属性的には陰と陽で対極みたいな存在とはいえ、ぶつかって対消滅するわけじゃないだろうし……。

「そもそもどういう発表をしてるの？」

「えーと確か会誌を配ったり、絵とか造形物の展示とか？　あぁ、あと今年はコスプレもあるって言ってたかな」

「そう」

学祭で十八禁ってことはないだろうし、天道なら興味がないからってディスりはしないだろうし、案外楽しんでくれそうな気はするんだよな。

とはいえ、やはりオタクならざるものを積極的にそういう場に連れていくと、気まずい空気になりがちなのはよく聞く話だ。

僕としてはどっちでもいいけど、やっぱり一人で行った方がいいかという結論に傾きつつあると、考えこんでいた天道が何かに気づいたように顔を上げた。

「──伊織くん、コスプレって、漫画とかゲームのキャラのよね」

「うん、多分」

「それってマネキンに着せたりして飾るの？」

「や、多分誰かが着るんだと思うけど」

そもそもコスプレって衣装が自作にせよ既製品にせよ「そのキャラになりたい」からはじまる趣味っぽいし。

仮に衣装を作るのは好きだけど、自分が着るのは……って人がいたとしても、それなら誰かに着てもらう方向になるだろう。

「そう、じゃあ私も一緒に行くわ」

「あ、そう？　えーとじゃあアメフトのあとでいい？」

「ええ」

なんだか急に乗り気になった天道をちょっと不思議に思いつつ、僕らはお茶会が行われる和室へ向かった。

天道が当然のように絵になる姿を見せた一方で、僕の頭は教えてもらったそばから手順が抜けて冷や汗をかくことになった。

§

「あれー、伊織クン、つかさちゃんも。どうしたとー？」

「どうして」

「やっぱり」

昔のアメフト漫画の技を真似《まね》しようとして普通に止められたタックル体験を終えて、向かった漫研のスペースで待ち構えていたのはコスプレをした葛葉真紘《まひろ》だった。

ちょうど一区切りついたのか、白い布を張った撮影スペースから軽く手を振りつつ（あざとい）僕らに近づいてくる。

ピンクのウィッグを被り、黒い衣装に身を包んで人気漫画のキャラに扮《ふん》したその姿は、似合っているとか似ているとかいう以前に、なぜ葛葉がコスプレしているのか、を問答無用で納得させるものがあった。

「ちょっと真紘、剣を振り回さないで」

「あ、ごめんねー」

「……葛葉って漫研入ってたっけ？」

「入っとらんよー。あんね、このコスプレはウチしかできんけんって頼まれたと」

「それはそうでしょうね……」

天道が呆《あき》れたように言うのもわかる。

なにせコスプレ元は、体の一部がスゴイデカイ設定のキャラなのだ。ついでにニコニコと愛嬌《あいきょう》のある感じなのでその点でも葛葉にマッチしていた。

谷間の見せ方は場を考えてか原作より少し控えめで、それ以外の露出は元々それほどでもないのだけど、大多数の人にはまず再現不可能だろう。

下手をすれば天道でも胸が小さいって言われそうだからな……。

まぁ詰めたり盛ったり、あとは画像加工とかならどうにでもできるんだろうけど。

「原作再現にこだわっちゃったかー……」

「ねえねえ、二人ともウチを見に来てくれたと？」

「違うよ、たまたま知り合いに呼ばれてたから来ただけ」

知ってたら来なかったよ、とまでは言わないけども。

というかそうか「今年は……すごいぞ」って知人がやけにためて言ってたのは葛葉のことだったんだな。

まぁ言いたくなる気持ちは理解できたけど、それはそれとして緑のカラコンってちょっと怖い。

「えー、なんでー、つかさちゃん教えてくれとらんと？」

「どうして私がわざわざそんな敵に塩を送るようなことしなきゃいけないのよ」

「だってウチ今伊織クンに連絡せんでって言われとるもん」

「葛葉って変なところで律儀《りちぎ》だよな……」

コンテストで白黒つけるまで、天道に見えないところではアプローチ禁止ってことになったんだけど、最初の接近禁止とかもなぜかちゃんと守ってたし。

「えへへー、えらかろー？　見直した？」

「でもまぁ、猫を助ける不良みたいなものかなって」

「えーひどかー」

そもそも接近禁止を言いたくなる振る舞いしてるから、そのあとで大人しくしててもマッチポンプ感がひどいんだよな。

「あれ、じゃあつかささんは葛葉がコスプレするの知ってたの？」

やっぱりって言ってたし、漫研行くって聞いたときもなんか変な感じだったしな。

でもそれなら止めたり、日を改めさせたりしてもよさそうなものだけどと視線を向けると天道は渋い顔をしていた。

「ええ、でもどこのサークルなのかは知らなかったから」

「ああ……」

サブカル系のサークルは漫研が確か最大手だけど、過去のオタク性の違いだかによるいさかいで、分裂・乱立してるんだよな……。

最近だとシン・漫研を名乗る非公認サークルもあるとか。

「あれ、ウチ言わんかった？」

「漫画のキャラのコスプレをする、しか言わなかったわよ」

「えー、ごめんねー」

「それより葛葉、僕らと話し込んでていいの？」

「あ、そうやった」

撮影スペース付近の順番待ちしてるらしきカメラマンと何か言いたげな部員がときおり僕らに目を向けては、天道を見てすっと逸《そ》らすというムーブをさっきから繰り返している。

「ごめんね、もうちょっとで休憩とらせてもらうけん、二人ともそれまでおって《い》ね」

「約束はしないわよ、こっちにも予定があるんだから」

「もー、つかさちゃんの意地悪ー、あとでぜーったいみぞかー《かわいい》って褒めてもらうけんねー」

僕へちょっかいかけるのに漫研部員の視線をぶっちぎるかと思った葛葉は、あざとい仕草で舌を出すと、大人しく撮影に戻っていった。

天道が悪い子ではないとギリギリのラインで擁護するのはこういうところなんだろうか。

見た感じはもうちゃんと仕事に集中してるみたいだし。

「にしても驚いたね」

「真紘のこと、伝えておいた方が良かった？」

「や、そっちじゃなくて、漫研に出禁喰らってなかったんだなって」

葛葉と漫研の付き合いは童貞好きの彼女の生態を考えれば意外でもないけど、それだけに過去にサークルクラッシャーみたいなことしててもおかしくないからな……。

「ほら元カレとかいそうだし」

「あぁ、そういうこと？　ちょっともめたって聞いた気はするけど……確かもういないはずよ」

「ヒエッ」

藪をつついたらホラーが出てきた。とんだヒヤリハットだな……。

それ「関係者全員が」とか「学内には」がついたりする「もういない」じゃないだろうな、いや深く聞くと後悔しそうだからこれ以上はやめておくけど。

「――真紘、人気みたいね」

「ん、そうだね、衣装の出来も良かったし」

カメラに向けて楽しそうにポーズをとる友人を見て、天道がポツリと呟《つぶや》く。

「でも、コンテストはまた別の話だと思うよ。ここはほら、初めからそういう人たちが集まってるんだから」

葛葉が主役で、他は脇役。

そんな空気が出来上がった空間を見て、もしかして不安になったのだろうかと僕の口から出てきた不器用な言葉に、天道は小さく笑った。

「心配してくれてありがと、でも大丈夫。ただね、今年は伊織くんがいてくれるし、来年はもっと楽しいといいなって思って」

「――ん、そうだね。僕も去年より楽しめてるし」

「うん。ほら、そのときは真紘の彼と一緒に四人で回るのもありでしょ？」

「いいけど、ハブられた水瀬が怒りそうだなあ」

「でも英梨だけ一人っていうのもそれはそれで気まずいと思うのよね……」

「葛葉は彼氏ができる想定なのに水瀬は違うんだ……」

なんとなくわからないでもないけど。

――そうして、葛葉にはすぐ帰りそうな物言いをした天道は、なんだかんだと僕が知り合いと話し終えても彼女の休憩を待っていた。

第十話　ある晴れた土曜日のこと

『イオちゃん、今なにしてるの？』

『え、つかささんと学祭回ってるけど……』

『今日、サークルの展示で当番だって言ってなかった？』

『ごめん、僕の担当は日曜に代わってもらった。もしかして来てる？』

『うん。でもチカちゃんと回るから気にしないで。イオちゃんは天道《てんどう》さんと学祭楽しんでね！』

「あちゃあ……」

なんてことない文の中に、そこはかとなく不穏な気配を感じる妹からのメッセージに僕は思わず頭を抱えた。

「――美鶴《みつる》ちゃん、どうしたの？」

「や、僕がサークルの当番を、明日に代わってもらったのを伝え忘れてて、今日来ちゃったみたいで……」

「じゃあ合流しましょうか、案内も必要でしょ」

「や、主税《ちから》くんが一緒だから大丈夫だ、って」

むしろこの状況で会いに行くと、意固地になりかねないんだよな。

「どうして彼女より妹を優先するの」とかダメ出しされるのは普通にありそうだ。

『こっちは任せて二人で回っとけ、振りじゃねえからな』

それを裏付けるように、ちょうど兄からのメッセージも届く。

まるでこっちを見ていたみたいな内容とタイミングだった。我が兄ながら恐ろしい。

「そうなの？　二人そろってるなら余計にご挨拶に行ったほうがよくない？」

「うーん……いや、それも別の日でいいと思う」

「そう？」

「美鶴とも約束してたわけじゃないし、大丈夫」

天道とゆっくり回るために展示の当番を代わってもらった意味がなくなってしまう。

多分僕を驚かせるつもりで黙って来たんだろう妹には悪いけど、兄妹同伴でのデートはちょっと遠慮したい。

「わかったわ、なら今度またの機会にね」

「あぁ、でもちょっとフォローはしとくから、待ってて」

ええ、と頷いた天道はやたらと優しい顔をしていた。

「――なに？」

「伊織《いおり》くんもお兄ちゃんなんだなって思ってたの」

「まぁ、これでも十五年はやってるからね」

兄期間もなんだかんだで、もう人生の四分の三はあるからな。

あんまり弟妹がいそうって言われた覚えはないけど。

「私は末っ子だから、お姉さんしてみたかったのよね」

「隣の芝生は青く見えるからなあ」

天道はたまに「ちょっと甘やかされて育った末っ子」感を出すときがあって、上下を挟まれてるこっちからすればうらやましいと感じることもあるけど。

「だから義理でも妹ができるの、嬉《うれ》しいのよね。ありがと」

「あ、うん。どういたしまして？」

楽しみを通り越して当然のように確定した未来として語れるの、本当に強いな……。

僕としては義姉が二人もできるのは、頭が上がらない人が更に増える気がしてちょっと恐ろしいんだけど、嫁姑問題の不安とかは感じないいんだろうか。

「――まぁ、就活もあるし、ちょっとお待たせするかもしれないけど」

「内定が出なかったらお婿《むこ》にくればいいわよ、おばあさまも喜ぶし」

「豪華すぎる滑り止めだなあ……」

どこか関連企業の役員とかにコネで放り込まれそう。

というかそれ以上のところに就職するのが難しそうだな、僕が甲斐性《かいしょう》見せられる難易度高すぎない？

今までとは別種の不安を感じつつ、妹へのフォローを終えてスマホをしまう。

「ちなみに、そうなった場合、僕へのご両親の反応はどうなると思う？」

「んー……そうね、母は特に気にしないでしょうけど、父は相憐《あいあわ》れむか、嬉々《きき》として責めるかしら」

「うーん、地獄だな……」

学祭三日目、うろこ雲の並んだ晴れの日に、言われるより前に僕は天道の手を取って歩き出した。

§

天候に恵まれた土曜日の構内は前日までよりずっと盛況だった。

特に外部客の増加は明らかで、進学先の雰囲気を感じにきたのか高校生らしい姿もちらほら見える。

そんな中で黒のキャップをかぶり、ややアクティブな感じのパンツルックと普段より地味目な衣装の天道は、それでもすれ違う人の視線を惹《ひ》き付けていた。

そしてたまに「ねえねえ、今の人すっごい美人じゃなかった？」みたいに年下の子たちにうわさをされている。

ちょっと新鮮な反応だけど、女子高生ってなんで音量調整ぶっ壊れてるんだろうな。

「伊織くん、あそこ並びましょ」

「あ、うん」

そしてそれを当然とばかりに気にも留めていない天道が模擬店の一つを指さす。

そこそこに人が並ぶテントに掲げられているのは「台湾スイーツ」の文字だ。昨日はなんだかんだで結局行きそびれたんだよな。

「タピオカミルクティー、飲んだことないって言ってたでしょ。試してみない？」

「あー、でも僕ミルクティー自体があんまり好きじゃないんだけど……」

「ならほかの飲み物もあると思うし、それしかなかったらお茶は私が飲んであげるから」

「ええ……そこまではしなくてもいいんじゃない？」

あとタピオカだけ狙って飲むのも難しそう。

「駄目よ、伊織くんの初体験は一緒にしたいの」

「アッハイ」

もう重要そうな初体験は大体持っていかれたと思うんだけどな……！

でもそれで満足しない貪欲《どんよく》でアグレッシブなところが、天道つかさって女の子の大きな魅力であるのは間違いなかった。

「あー、じゃあ、つかささんのを分けてもらうから、好きなの選んでよ」

「……タピオカってカロリーすごいのよね」

あとこういういい性格なところも。

「ほら、明日のこともあるじゃない？　別に脱ぐわけじゃないけど」

「このご時世に学祭で水着審査したら確実に炎上するだろうね……」

あと十一月の野外はさすがに寒そう。

「えーと、じゃあ、タピオカココナッツミルクとパイナップルケーキにするけど、つかささんもそれでいい？」

「ええ」

極太のストローが挿さった透明なプラカップと、つまようじが刺さったケーキの乗った紙皿を受け取る。うーん、このお洒落《しゃれ》になりきらない感じ、いかにも学祭だな。

白いココナッツミルクに透けて見える黒いタピオカは、お世辞にもおいしそうには見えないんだけど……。

「……」

今か今かと期待している天道の視線に、観念してストローに口をつける。

「──どう？　感想は」

「んー……思ってたより柔らかいんだなって、もっとナタデココみたいかと思ってた」

「それは飲み物に入れるのは危ないいんじゃない？」

「まぁ、確かに」

十二歳以上推奨とか年齢制限つきそう、あとお年寄りにも危険だな。

まぁ好き好んで餅を食べてる日本人が何を今更って言われそうだけど。

「じゃなくて、感想はそれだけ？」

「ええと、まぁ流行った理由はちょっと分かるかな、食感がアクセントになって、飽きがこなさそうだよね」

なんとか感想をひねりだすと「よろしい」とばかりに天道は頷く。

許されたのはいいけども、知ってる名前だったからってパイナップルケーキまで頼んだのは失敗だったかな……。

甘いものは苦手じゃないけど、一口食べた感じ、バターと餡子《あんこ》の風味が、タピオカの食べ合わせとしてはちょっと重い。カロリーすごそう。

「じゃあ、つかささんもどうぞ」

「ええ、いただくわ」

と言いながらも彼女は差し出したカップを受け取ろうとしなかった。

数秒見つめあったあとに観念して口元へ寄せると、帽子からこぼれている髪をかき分けてからストローに口をつける。

ちら、と上目遣いの視線がやたらにえっちく感じるのは僕の意識過剰じゃなく、計算づくなんだろうな……。

「ん、おいし」

「それはなにより……ケーキも食べる？」

「じゃあ一口だけ」

実にささやかな一口を食べ終えた天道は、悪戯《いたずら》っぽい笑みを浮かべて僕の手から紙皿を奪い取る。

「シェアのお礼に、あとは私が食べさせてあげるわね」

「わぁい」

「心がイマイチこもってない……！」

もう今更口に出しては突っ込まないけど、本当にそれをお礼って言いきれるのはすごいと思う（嬉しくないとは言ってない）。

そうして絶妙のタイミングで差し出されるケーキを頬張る。

周囲に人目があるのを忘れていたのは、お祭り気分のせいだと思いたい。

§

軽くお腹を満たしたあとは、各所の展示や発表を見て回ることに。

葛葉《くずのは》とニアミスしかけた水瀬《みなせ》の展示と、天道の知り合いがいるらしいグリークラブの発表で外せない予定は終わって、次はどこへ行こうかと二人でプログラムを眺める。

「――あ、伊織くん、これはどう？　フリースタイル・ラップバトル、飛び込みも歓迎ですって」

「また限りなく僕から縁遠いのを選ぶね……」

人前でＹＯＹＯ言わされるくらいなら、何をやらされるかまったくわからないキャンパスストロンゲストマンコンテストの方がまだマシな気がする。

「あら、キミの達者なお口を生かせるチャンスじゃない」

「明らかに褒めてるニュアンスじゃないよね」

「だってこういうのってディスりあうのが基本なんでしょ？」

「むしろつかささんの押しの強さを生かした方がいいんじゃない？」

舞台度胸も証明済みだし、そもそも僕が優位に立てたのなんてマジレスでぶった切れた最初のころだけで、基本的に天道の方が弁が立つしなあ。

今日の彼女の服装なら、見た目もそんなに浮かないだろうし。

「参加型イベントが気になるなら、こっちのかるた大会に出るとか」

「んー、ダメね。多分部員が着物で出てくるから格好で負けちゃうもの」

「それ、違う勝負になってない？」

「大事な問題よ。かるた自体は親戚が集まる年始に毎年やってるから得意なんだけど」

「へえ」

天道家の正月行事ともなれば和室で着物でやるんだろうし、さぞ絵になる光景だろう。

祖父、父、兄と僕で雀卓《ジャンたく》を囲む我が家とはえらい違いだ。

半荘《ハンチャン》終了時の点数が、そのままお年玉の金額になるようになったのはいつからだっけな……。

「ちなみに、かるたは誰が一番強いの？」

「今は上の姉か父方の従姉《いとこ》ね、二人とも部活でやってたから」

「『今は』っていうのは……」

「前までは母が二人を押さえてたんだけど、一昨年《おととし》から読み手に回ったのよね——そうだ、気になるなら見に来たら？」

にやり、という擬音をつけたくなる笑みを浮かべて天道が僕の顔を覗《のぞ》きこんでくる。

「——そうだね、見るだけでいいなら行こうかな」

「私の着物姿も見られるし？」

「うん」

天道が家に泊りに来たりしているし、仲は認めてもらっているんだろうけど、あらためてあちらに話をしにいくのも必要だろう。

年始の挨拶と一緒にっていうのは機会としてはちょうどいい気がする。僕も心構えと受け答えをシミュレーションする時間がとれるし。

「……やっぱり伊織くんが素直だと、それはそれで不安になるわ」

「お可哀想なこと」

「誰のせいだと思ってるの。——ん、ちょっとごめんね」

天道のスマホがメッセージの着信を告げる。

学祭ということでなんやかんやと今日は連絡が多い。僕も見ればかみやんたちから「会話が広がらねえ……！」という悲痛なSOSを受け取っていた。

うーん、案の定か。でも伝えた通り僕にできるフォローの範囲を超えているからな。

「頑張って」と無責任に返しておくと、突然天道が僕の腕を取ってあたりを見回した。

「どうしたの、つかささん。何かあった？」

「おばあさまから連絡が来たの」

「うん？」それと今の不審な行動に何の関連が？

差し出された彼女のスマホの画面を見ると、僕の祖父と天道によく似た年配の女性が写っていた。

「——え、これもしかしておばあさん？」

「ええ。あ、伊織くんが来たあとに髪を染めたんだけど、言ってなかった？」

「聞いてないけど、それだけじゃなくてなんか若返ってない⁉」

とても祖父と同年代——と言っても多少は年下だったはずだけど——には見えない。

顔立ちが似ている天道のお母さんもかなり若く見える人だから、さすがに間違えはしないけど、でも僕らの親世代といっても十分に通じる気はするな……。

「髪もだけど服装とかメイクのせいじゃない？」

「ええ……女の人ってすごいな……」

夏に会ったときと二十歳くらいは違って見えるぞ……。

そしてどや顔している祖父も祖父で、前にもまして生気に満ちてるんだよな。理由はちょっと深く考えたくない。

「――で、つかささんは何を警戒してたの」

「おばあさまたちが、どこかから見てるんじゃないかって……」

「そんなことある⁉」

さすがにそれは被害妄想が入ってるんじゃなかろうか、まぁ孫に自分たちのデート画像を送ってくるのは確かに謎だけど……。

って思っていたら僕にも祖父から別アングルの画像が送られてきた。

特にはしゃいだポーズをしているわけでもないのに、そこはかとなくパリピの気配を感じる。ホンット元気だなこの人、いいことだけどさ。

「――伊織くん、キスしましょ」

「それを撮って祖父母に送ろうって話ならさすがにやだよ」

据わった目で言った天道をなだめる。

もし実行しようものなら祖父に一生いじられることになるのは間違いなかった。

「どうしてよ、キミは悔しくないの？」

「全然悔しくないけど。なにか悔しがる要素あった？」

というか本当に自分の祖母と張り合おうとするのはやめた方がいいのでは？

戦いの果てに何も得られないと思うんだけどな……。

「つかささんがデートを楽しめてないなら僕もちょっと考えるけど、そうじゃないならあっちはあっち、僕らは僕らでいいんじゃない？」

むぅ、と小さくうなって天道がむくれる。

ちょっと珍しいリアクションが来たな。

それだけ天道は祖父たちの関係に何か特別なものを感じているのかもしれない。

「ほら、おばあさんも遊びに来てるって伝えただけで、他意はないと思うよ」

「そうかしら……」

祖父はちょっと煽《あお》ってる感じはするけど——あぁ、天道も同じように身内にしかわからないそういう何かを感じているんだろうか。

「あとはほら、僕らもじいさんたちみたいに年を取って遊びにくることはできるけど、あっちは僕らと同じことはできなかったんだし。そう考えたら？」

——あぁ、そう考えると、もしかして僕たちは羨ましがられてるのかな。

いや、むしろ悔いがないようになさい、という考えかもしれない。

「——それは、伊織くんがおじいさんになっても私につきあってくれるってことでいいのよね」

「まぁそれまで生きてられればだけど」

「不吉な注釈を加えないで。まぁでも、そう考えれば、おばあさまのこれも可愛く思えるわね」

いきなり上からになるじゃん……。

「そうだ、明日ミスキャンパスに選ばれたら、トロフィーの画像を送るとか」

「それは普通にお祝いされて終わりそう」

あとコンテスト本番の前日に、冗談でもそれを言えるのが本当にすごい。

第三者が聞いたら傲慢《ごうまん》と取られても仕方ないと思うけど、天道の場合いやみが一切ないんだよな。まぁだからこそ反感も買うんだろうけど。

でもコンテスト中の画像を天道家の方々にも送るのは悪くないアイデアだな。覚えてたら水瀬にお願いしよう。

「じゃあ伊織くん、キスしましょ」

「話が戻ってるんだけど、なにが『じゃあ』なの」

だからさすがに人前では頷けないぞ。いや、人前じゃなくても撮って送るのは勘弁してほしいけど。

「だってそれはそれ、これはこれじゃない？」

「どれがどれなのかわかんないんだよなあ……」

完全に話が迷子になってるんだけど、これもしかしてキスしたいだけなのかな……。

食い下がる天道を何とかなだめて、祖父たちの構図をまねた画像を送りかえすという謎の行為で妥協してもらった。

結局、大きなトラブルなく終わったこの土曜日が、嵐の前の静けさでなかったことを祈りたい。

第十一話　いつだって〝もしも〟はない

学祭最終日の日曜日は、この日のためにとっておいたような快晴になった。

雲の少ない晴れ渡った空から降る午後の日差しは、秋の終わりに差し掛かって少し弱いけれども、まだ暖かい。

売り切れで店じまいする模擬店がちらほら出はじめ、各所でのイベントや発表のプログラムも最終段階に入る。

祭りの最後を盛り上げるような、あるいは終わりを惜しむような独特の雰囲気の中、僕はちらほらと人が集まってきている特設ステージ前でそのときを待っていた。

学祭最後のビッグイベント、ミスキャンパスコンテスト。

僕の恋人であり、大変に顔とスタイルの良い女子である天道《てんどう》つかさが、ファイナリストとして挑む戦いのはじまりを。

——とはいえ結局のところは学祭での一イベントに過ぎないわけで、たとえ過去の受賞者が人生の転機だったみたいな話をしていても、僕を巡る天道と葛葉《くずのは》の騒動というごく個人的な事情を除けば、本質的には昨日行われていた産業《さんぎょう》大と共催のプロレス興行と大した差があるわけではないのだ。

「しのっち、だいぶ顔色わりーけど大丈夫??」

「大丈夫大丈夫、なんかちょっと胃が痛い気がするけど」

「いやもうその発言がダメでしょ」

大した差があるわけではないんだ……！

友人である神谷大輔《かみやだいすけ》と、天道の友人である水瀬英梨《みなせえり》に心配とツッコミをされつつ自身に言い聞かせる。

「てかなんでまだそんなに緊張してんの？　お披露目のときに一回やった流れでしょ」

本番当日ということで、例によってカメラを首から提げて気合十分の水瀬は、棘《とげ》はなくなったものの変わらない切れ味でそう聞いてきた。

「いや、僕もあれで慣れたつもりだったんだけど……」

単純にこういうコンテストに縁がなかったからか、あっても精々《せいぜい》妹のピアノの発表会くらいしか記憶にないしな。

天道家に乗り込んだときか、大学受験以来に落ち着かない気持ちでいるのは事実だった。

「まーまー、ゆうてお祭りなんだし？　天道さんもなにがなんでも優勝狙いってわけじゃないっしょ。俺らはまわりみたいに楽しんでいいんじゃね？」

そんな僕の緊張を察したかみやんが、普段以上に呑気《のんき》な調子で告げる。

言われてよくよく見てみれば応援する参加者がいるらしき観客も、精々がアイドルの推し活みたいな感じで、ピリピリした空気は発していない。

「――まぁ、そうだね」

あるいは自信から来るものかはわからないけども、天道本人もメイクがバッチリ決まっていることを除けば普段通りにリラックスしていたし。

「あとさ、賞に『選ばれる』か『選ばれない』かで考えれば二分の一っしょ？　十分いけるって」

「いや、六人中三人に『特別賞』『準ミス』『ミスキャンパス』で普通に二分の一だから」

「あっれ、ガチでぇ？」

「ははっ」

かみやんに鋭くマジレスを決める水瀬の姿に軽く笑いが漏れた。それでちょっと息とともに肩の力が抜けた気がする。

スマホを取り出すと間もなく開始の午後二時半になろうとしていた。

ついでにトークアプリを起動して、天道との会話履歴を開く。

ＦＰＳゲームなんかでおなじみの定型文で、今回は文字通りの意味で送った「ｇｏｏｄ ｌｕｃｋ，ｈａｖｅ ｆａｎ」のメッセージには、返信でサムズアップの絵文字が来ていた。

「――」


勘のいい彼女のことだ、観客席の僕をきっとすぐに見つけるはずだ。

そのときに辛気《しんき》臭い顔をしてたんじゃ、楽しむどころじゃないだろう。

じたばたしたってどうせあと二時間もしないうちに結果が出る。

ここまできたらごちゃごちゃ考えずに、ただ純粋に天道の晴れ舞台を応援しつつも楽しむ以外、僕にできることなんてない。

「よし」

気持ちを切り替えようと、両の頬を軽く叩く。

「お、気合入った?」

「テンション上げすぎてつまみ出されたりしないでよ」

「大丈夫だって」

二人の言葉に返したところで、ステージの両側に設置されたスピーカーから流れていた音楽が止まり、スタッフが壇上に現れた。

§

『――それではただいまより、第四十三回ミスキャンパスコンテストを開催します。選ばれた六人の登場です。皆様、拍手でお出迎えくださいー』

司会に促されたとおりに沸き起こった拍手の中、番号順に一人、また一人と参加者がステージ脇から姿を現す。

「イエーー！」

僕以上に盛り上がっているかみやんに負けないよう、ついでに撮影で手が塞がっている水瀬の分も込めて拍手した。

お披露目のときから番号が繰り上がって五番手で登壇した天道は普段よりも派手――いや、華やかな、というのがぴったりで、彼女に続いて最後に現れた六人目の葛葉はこちらはいつもより一層童貞を殺しそうなあざとい感じだ。

そのほかの参加者も、それぞれが自分の魅力を理解し、それを引き立てるような衣装を身にまとっている。

はえー、と間の抜けた声をもらす男子に、限界オタクみたいにキャーキャー騒ぐ女子が出るのもわかる話だ。

かくいう僕もシンバルを叩くサルのおもちゃみたいになりながら、前者の一員に加わっている。

外見がいい上に気合も入ってお洒落している女子に交じって見劣りしないどころか、そこにいて当たり前という印象さえ抱かせる天道の姿に、改めて圧倒されてしまったのだ。

「解説のしのっち、いかがですか」

「――そうですね、顔がいいと思いました。特につかささんが」

「惚気《のろけ》乙！」

「事実じゃない？」

「違うとは言わねーけど、変わっちまったなしのっち……いやー、でも改めて見ると迫力やべーわ」

「あー、うん、特に後半ちょっとね」

折り返しの四番に優勝候補の百瀬《ももせ》さんがいて、そこから天道、葛葉と服を着ていても一部のサイズがやべーとわかる女子が続いている。

しかも褐色金髪ラテン系、強気系お嬢様、あざといゆるふわモンスターと胸焼けしそうなくらいに個性派だ。ＶＴｕｂｅｒかな？

長身ですらりとした体形の劉《リウ》さんが一番にいるのが、余計に綺麗なコントラストになっている。

『では改めまして、皆さま一人ずつ自己紹介と意気込みなどなにか一言をお願いします――』

司会に促されて参加者が順にマイクを手に前に歩み出る。お披露目イベントのときもあった流れだけど、観客の数も熱量もあのとき以上だ。

だというのに天道に限らず、全員堂々としている。

僕にはとてもできそうにない。

「――しかしここで『隣にいるお友達のつかさちゃんに一緒にって誘われたから』って言える葛葉強い、強くない？」

「それもだけど俺はそのあとの『今日は二人とも良い結果になると』云々《うんぬん》ってのがこえーわ、ガチに聞こえたもん。天道さんもニコニコしてっし」

事情を知っているかみやんに同意を求めると、友人は神妙な顔で頷《うなず》いた。

女性はみんな役者的な言葉は聞くけど、少なくとも天道と葛葉に関してはそっちの才能はありそうだ。

「女子コエー」

「ほら、逆にみんなそんなもんと思えば覚悟もできるというか？」

「でも俺は、オタクに優しいギャルはきっといるって信じてるし——」

「本気の目だ……」

僕らがそんな非モテトークをしている間にもコンテストは進行する。

拍子抜けするくらいに滞りなく、ちょっと忙《せわ》しなく感じるようなペースで。

天道がコンテストに出場すると聞いてから、それとなくＳＮＳや学内での反応を意識して見てきた結果わかったことがある。

それはどんな悪いうわさだろうと、そしてそれが事実であろうとも、結局第三者は自分に直接害が及ばない限りは聞き流してしまうものなのだ、ということだ。

あえて悪い風に言えば、僕らはきっとそこまで他人に興味がないんだろう。

あとまぁネット上のあれこれに関しては、葛葉がかなりヘイトを分散して受け持ってるところも関係してそうではあった。

そのあたりの層に悪い意味で天道より刺さるものがあるのか、あるいは気が強そうな天道よりも文句が言いやすいというのはありそうだった。

もちろん、中にはサークルの先輩のことを引きずってた小倉《おぐら》みたいな根が深そうなケースもあるけど、それも結局表立って声をあげる多数派になることはないのだ。

だから天道にも（そして葛葉にも）、観客からは普通に歓声と拍手が送られる。そこに彼女たちのうわさの、その影を感じることはできない。

今日この日に限ってはそれは安心できることだ。

ステージ上の天道がこちらに視線を向けたように感じたので、小さく手を振ると彼女は笑いながら少しだけ小さく頷いた。

『……ありがとうございましたー。では次のコーナーに移りたいと思います。題してー』

そうしてはじまった「恋人と手をつなぎたいときどうしますか」というシチュエーションコーナーで天道は、相手役を務めるスタッフの手を取るなり、戸惑う様子の相手に構わず指を絡めた。

「――なぁに？」

そして何か言いたいことでもあるの？　と言わんばかりに相手の顔を下からのぞき込んでみせる。

会場は「おお……」みたいにどよめいた。

何の感心だろう。

というよりちょっと挙動不審な相手のリアクションが、見覚えはないけども身に覚えはすごくあるんだけども、事前に演技指導でもしたんだろうか。

「しのっち、あれ……」

「それ以上いけない」

「いやでも……」

「ダメだ、かみやん」

ここはあるんだか知れない僕の名誉のために黙秘を貫かせてもらう。

それでも何とも言えない表情のかみやんをはじめ、僕と天道の関係を知っているらしき人間からちらほらと視線を貰ってしまった。

ひどく辱《はずかし》められた気分だな……！

——なお葛葉はあざとい仕草で手をプラプラさせて誘い受けの構えを見せた。

しかし結局一番会場を沸かせたのは、ディーヴァこと百瀬さんが女王様みたいに甲を上にした手を「さぁ取れ」とばかりに差し出したときだった。

まぁ、男子よりは女子が黄色い声をあげていたんだけども。

§

そうこうするうちにあっという間にコンテスト開始から一時間が過ぎ、いよいよ最後のアピールタイムがやってきた。

約三分の持ち時間の間に各人が自由なパフォーマンスを披露するというもので、歌ったり踊ったりと毎年コンテストの山場になるらしい。

エントリーナンバー一番の三年生はギターの演奏。曲はロックでそれまでどちらかというと可愛い路線で押していた人だったのでギャップがあった。

二番の劉さんは、所属しているチアリーディング部のコスチュームに着替えて、部員二人と合わせての演技。

ジャンプの高さや柔軟性もすごかったけれど、パッと見てわかる隣の部員との脚の長さの違いがなによりエグい。

同じ動作をしていても迫力が全く違って見えるんだから、体格って才能だよな。

その直後、意外な路線で攻めてきたのは三番の人で、こちらはパネルを持ち込んで実際の市内の道路交通情報と、夕方から明日にかけての天気予報を行った。

少々地味だけれども、よどみのないアナウンスと観客をカメラに見立てて語りかける姿はプロっぽさがあって拍手が沸き起こった。

そうして続くエントリーナンバー四番、優勝候補の大本命である百瀬さんのパフォーマンスはダンスだった。

「うーわ」

「うへぇ……」

衣装こそごく普通のスポーツウェアだったけれど、ぴったりとした服装でわかる体のラインと、動きのキレが半端じゃない。

思わず隣のかみやんと二人してうめき声を漏らしてしまったくらいだ。

ドン、ドンと体が揺れを感じるくらいの大音量で、スピーカーからは洋楽のポップなダンスナンバーが流れ、ステージライトが明滅する。

それに合わせてちょっとセクシーなダンスを披露する姿は「本人の曲かな？」と思うくらいの迫力で、あっという間の三分が過ぎたあとに沸き起こったのはそれも当然と納得するような大喝采だった。

「これエグいって、ガチでー、なんでこの人ＴＶとか出てねーの？」

「うーん、納得の優勝候補……これ、歌まで歌われてたらノーチャンだった気がする」

さすがにダンスが激しすぎて歌との両立は無理だったみたいだけど、それでもお金が取れそうなレベルのパフォーマンスなんだよな……。

「この人のあとって、ちょっとついてねーなぁ」

「で、でも場はあったまってるから……」

震えた声でそう強がると、まだ観客が微妙にざわついているなか、ステージでは次の天道の準備が完了していた。

ステージの中央に立てられたスタンドマイクの前へ、ゆっくりと自然な動作で彼女が歩み出る。

そのままスタッフにちらりと視線を向けて頷く淀みない動作には、緊張も気負いも感じられなかった。

『――――♪』

高く、わずかに震える歌声が天道つかさの喉から発せられ、すぐにそれを追いかけるように鍵盤楽器の軽やかなメロディーが流れだす。

静かな出だしだったイントロが終わると、ドラムとシンバルの大音量が改めて曲のはじまりを告げるように体を揺らした。

「え、天道さんボカロ歌うんだ」

「そういうギャップ狙いだってさ」

誰かが興奮した声で曲名を口にして、僕と同じく曲を知っているかみやんも意外そうな声を漏らす。

そうして低く抑えた迫力あるAメロが終わり、サビへと向かうBメロにさしかかると先ほどの僕らみたいな「うわ」といった呻《うめ》きが複数聞こえた。

カラオケなんかでもたまにある「普通」の上手さなら感嘆の声になるところが、それを超えたレベルだと半笑いになってしまう、あの現象だろう。

『――――♪』

そうしてサビに入ると、いよいよ天道は場の空気を完全に掌握した。

彼女が選んだ曲は間違いなくネットでは人気で知名度もあるけれど、軽快なテンポにややダークで皮肉な歌詞を合わせた雰囲気は、手放しで一般向けとは言い難《がた》かった。

だけど駆け足で進むメロディーに乗せて、絶えた望みを、愛を、自分も、全てさえも冷笑するような歌詞とその世界観を、天道つかさは抑えた低音と伸びやかな高音を使い分けて、豊かな声量で難なく歌い上げる。

たとえ初めて聞く歌でも、歌詞を知らなくても、極々単純な「歌が上手い」という暴力は、その曲の持つ魅力をたやすく理解させるものだ。

――というか天道がここまで歌が上手いなんて僕も知らなかったんだけど⁇

舞台が大きくなると、それだけ実力を発揮できるとかだろうか。

少年漫画の主人公かな？

ラスサビのころには不思議と静まり返って、息さえ止めようとするようだった観衆が、歌い終わりと同時にあげた喝采《かっさい》は先ほどにも負けない大きなものだった。

「――これは勝ったんじゃない？」

「しのっち、フラグフラグ。いや、凄かったけど、まだ早いって」

思わず僕が何も考えず口にした願望をかみやんがたしなめる。

拍手の中でステージ上の天道は、額に入れて飾りたいくらいに得意気な表情を一瞬見せたあと、軽く一礼してステージを下りていった。

あれは多分僕と同じようなこと考えてた気がするな……。


――結局のところ順番で一番割を食ったのは、ダンス、歌と続いたところで有名なK－POPのダンスをした葛葉だったかもしれない。

振りは完璧で曲もキャッチーだけど、それがかえって無難に感じられてしまったのか、前二人ほどの熱狂を生み出すことはできなかった。

まぁ、これに関しては誰が悪いということもなく運が悪かったんだろうけど。

『これにてアピールタイムは終了です。参加者はドレスアップを行っておりますので、結果発表まで皆様少々お待ちください――』

§

そうして数十分後、日は傾いて西から差し込む光にオレンジ色が交じりはじめる。

秋の短い夕暮れを迎える中で、ドレスへと着替えた参加者たちがステージに再び現れた。

ドレスはウェディングドレスよりというかお姫様の仮装というか、大きく広がったスカートの裾が床につく日常的にはとても着られないようなもので、頭には皆ティアラもつけている。

天道のドレスは明るいグリーンで、葛葉は淡いピンク、他もみな赤や青など華やかだ。

結果発表の前には参加者たちがコンテストを振り返る最後のスピーチが行われるのだけど、マイクを受け取った一番の人がドレス姿で一歩前に出るのにかなり苦労していたのが印象的だ。

「おおおお、おちつこう、まだ慌てる状態じゃない……」

「ってかもう慌ててもしょうがねーみたいな？」

いよいよ動悸もしはじめてきた気がする僕をかみやんがなだめる。

参加者たちがステージから下りている間に行われた中間発表では、やはり当初の予想通り一位、二位は百瀬さんと劉さんだった。

今日の内容を見てもそこが大きく崩れるのは考えにくいし、あとは天道が三位に食い込めるかどうかだろう。

『続いて、エントリーナンバー五番天道つかささん、お願いします』

「バズれっ……、バズれっ……！」

「いやいや、もうすぐ発表って言ってるから。しのっち落ち着けって」

僕がSNSのダークサイドに陥りそうになってる間に天道がまずコンテスト運営と関係者への感謝を述べる。ここら辺はまぁ、お決まりの定型文みたいな感じだ。

『私は今年、自分を変える色々な出会いがありました。そうして大学での一年目を振り返って、今年は新たなチャレンジをしてみたいとコンテストに参加しました――』

それに対して動機には、かなり彼女の実感がこもっていたと思う。

ちょっと綺麗に言いすぎだとか一部には反感を買いそうだけど、なんもかんも打ち明けるワケにはいかない過去だし、葛葉との対決に関しては聞かされても「ええ……」ってなる話だしな。

『――コンテストに参加した大きな目的は、今の時点でも十分達成できたと思っていますが、応援してくださった方々のためによい報告ができると嬉しいです』

そうして実に彼女らしい強気で不敵な表情でのまとめは本心が十割だろう。

本当に、こんな舞台で、僕にはとても言えないようなことを言えるな、と羨ましさを通り越してただただ感心してしまう。

「……天道さんカッケーなぁ」

「でしょ——いって」

しみじみと言ったかみやんにドヤ顔で返すと肩に軽いパンチを貰ってしまった。

葛葉のスピーチも終わり、まずは壇上の全員にここまでの健闘をたたえて花束が贈られる。

『——それではまず特別賞の発表です』

そして、いよいよその時が来た。

秋の夕暮れ時なのに、体は熱く背中にはじわりと汗が広がっている気がする。

『第四十三回ミスキャンパスコンテスト、特別賞は——エントリーナンバー五番、天道つかささんです！』

最初に呼ばれたのは、天道の名前だった。

「おおおお！　やったじゃん！　すげーよ、なぁしのっち！」

「うん、うん……」

歓声の中、司会に促されて天道がよどみなくステージの中央に歩み出る。

プレゼンターから賞状とトロフィーを受け取ると、天道は満面の笑みを浮かべてこちらに──いや観客席に頭を下げた。

望んでいた、そして同時に少し恐れてもいた光景は僕の胸に大きな歓喜と、そして少しの、本当に小さな失望を呼び起こした。

彼女の名前が呼ばれたそのとき、僕は最初に「ああ、優勝できなかったか」と思ってしまったのだ。

特別賞だって十分に素晴らしくて名誉なことだ、それも容易に手に入ったものでもない。ここ一か月くらい続けてきた、天道の努力の結果だ。

だけど僕はきっと天道つかさは無敵だと、頭のどこかで思っていたのだろう。

彼女はきっと望んだもの全てを手に入れられるのだと。

・・・・・・・・そんなことはなかったのを知っているのに、知らずにそう思い込んでいたことが恥ずかしくって、僕はそれを吹き飛ばすように今日一番大きな拍手を送った。

天道は壇上を去るまでの間、完璧でなくとも笑顔を浮かべ続けていた。

§

コンテストが終わると、特設ステージでは後夜祭に向けた準備がはじまった。

すでに日は傾いて、気温と共に先ほどまでの熱狂の余韻も冷めた中、僕はまばらに人が残る会場で空っぽのステージをなんとなく眺めていた。

後夜祭まではまだ一時間以上もある。

天道は賞をとったことで、着替えの前にインタビューや写真撮影があると連絡があり、水瀬は例によってカメラマンとしてそちらの手伝いに、かみやんは友人たちと食事に行ったので一旦別行動だ。

僕も食事についていったり、一度自分の部屋に戻ったりしても良かったんだけど、なんとなくそんな気になれなかったのは、あるいは予感があったからかもしれない。

「伊織《いおり》クン」

黄昏時、建物の影が落ちる位置から声をかけてきたのは葛葉真紘《まひろ》だった。

結局一位、二位は中間発表から動きがなく、ミスキャンパスには百瀬さん、準ミスには劉さんが選ばれた。

天道とは明暗の分かれることになった彼女へなんと声をかけたものか、少し悩むところだ。

「お疲れ様――残念だったね」

「ん、そうね……」

無理もないことだけど、葛葉の声は沈んでいる。

彼女もまた別の意味で無敵っぽいと思っていたけど、やっぱり僕は色々と女子への認識を改めるべきなんだろうなあ、と少し反省した。

それでも彼女が天道よりいい結果を残すことを望んでいなかった身としては、あんまり親身になって慰めるのも違うよなあ。

「ウチとつかさちゃんと、何が違ったとかなあ」

うつむいたまま呟《つぶや》いた言葉に、僕はすぐに返事をすることができなかったけれど、あるいは初めから答えは期待されていなかったのかもしれない。

「慰めてくれんと?」

「僕の役割じゃないよ」

純粋にコンテストの結果に落胆してるだけなら、話は別だけど。

僕を見る葛葉の表情にはそれだけではない追いつめられたものがあった。

なかったようだ。

話を遮るのは行儀がいいことじゃなかったけど、言わんとしていたところは読み違えて

「僕が好きなのは葛葉じゃないから」

「――なんで？」

「つかささんとは別れないよ」

「伊織クン、あんね」

僕を見る視線を少し強くしたあと、葛葉は肩を落とした。

「なんで皆ウチのこと好きでいてくれんとかなあ――つかさちゃんがうらやましか」

覇気のないその言葉は、ただ聞き流していたらいつまでも問題が片付かない気がした。

「その、さ。自分の思い通りになってくれる誰かといるのって、多分一人だけでいるのと変わらないと思うよ、葛葉」

なにせ当初の天道はまったく僕の思い通りになんてなってくれなかったし、それは彼女にとっての僕もきっと同じだろう。

「ウチが我儘だって言いたいと？」

「そうかもしれないけど、そこじゃなくて」

世間一般の男女がどれくらいの頻度で関係に危機を迎えているのかはわからないけど、

少なくとも僕と天道は、出会いから半年足らずでも数度のそれがあった。

それはたとえば、婚約初期の扱いに天道が耐えかねたりだとか、逆に僕が関わるのを拒絶して関係が終わることもありえただろうし、夏のプールの件を彼女が最終的な拒絶とみなしたり、天道家へ直談判《じかだんぱん》がなければやはりそこで終わっていただろう。

――なによりあの夏の日に、天道が僕にビンタとともに訴えなければ、僕はきっと彼女のことを諦めてしまえたはずだ。

「つかささんだって、僕のことで苦労しなかったわけじゃないよ。僕も無条件で彼女を受け入れられたわけじゃないし」

「――やっぱりウチが悪いって言いたいとやない？」

「そういうつもりじゃないんだけど、上手く言えないな……ええと、関係を続けたいなら、我慢したり、話を聞いたりするのが大事じゃないかって、一般論」

相手の気に入らないところを全部受け入れる必要はないだろうけど、全部を受け入れないのなら、破局は避けられないだろう。

「それにさ、もし僕がつかささんと別れるとしてさ、そういう心変わりって葛葉的には受け入れられるの？」

そうしてそもそも、天道に対する僕の態度を葛葉が評価しているのなら、略奪に成功したときにはその美点は損なわれるのだ。

「そいは《それ》……」

つまり、はじめから葛葉の願いは破綻してるのだ。

そこを見落とすほど彼女も馬鹿じゃないだろうけど、あえて見ない振りをしていたのか。

葛葉の頬が真っ赤に染まって、愛嬌《あいきょう》のある大きな瞳が潤んだ。

「じゃあ、じゃあどうしたらよかと!?」

「え、普通にこう、互いのことをちゃんと話しあうとか」

「できんもん！　だってウチみたいなのが処女じゃなかったら嫌がられるの、わかっとると！　だけん代わりに色々してあげるとじゃいかんと!?」

言わんとするところはわかるけども、だからって時計の針は戻せないんだよなあ。

「悪かないけど。そう思うんだったらよくよく話しあって、処女《そこ》にこだわらない男子と付き合った方がいいと思うけど……」

「じゃあ伊織クンが付き合って！」

「それは無理」

「なんでー!?」

「葛葉は名前呼びやめてくれないから」

ぴたり、と葛葉が止まる。

「……つかさちゃんも呼んどるよ？」

「最初にやめてって伝えたときはやめてくれたよ」

その後正式に付き合う前に押し切られたのは黙っておいた方がいいだろうな。

「それが、そがん大事《そんなに》と？」

「少なくとも尊重されてないなって感じたね、童貞くさい僕としては」

ちょっと恨みを込めてそうと告げると、しばし黙り込んだあと葛葉は長く息を吐いた。

「──わかった。ゴメンね、伊織クン」

「それでもやめないのか……」

何がわかったんだろうな、という疑問の答えはすぐに来た。

「そんかわし《そのかわり》、今回は諦めてあげるけん」

「──それなら、まぁ、いいかな」

どういう意識の改革が起きたのかはわからないけれど、葛葉の表情はまだ晴れ晴れとはしていないものの、昏《くら》さはなくなっていた。

「伊織クン、つかさちゃんと別れたら教えてね」

「なんでだよ、縁起でもないこと言わないでくれ」

「そんときは今日ウチにえらそーに言ったこと、聞かせてあげるけん」

「それはマジで凹みそうだからやめてほしい……」

偉そうに男女関係について語ったことをフラレ男に聞かせるなんて、エグい復讐《ふくしゅう》考えるな……！

「そがん《そんな》こと起きんって言わんと？」

「起きるかもって思って努力した方がいいからね」

まぁそれで「もっと前向きになろう」って趣旨のことを天道に言われたりするけど。

「へえ」

渋い表情の僕に何か思うところがあったのか、じろじろと人の顔を眺めてくれたゆるふわモンスターは少しだけ口元を緩めた。

「なにさ」

「あんね、ウチ伊織クンのそういう理屈っぽいところ、いっちょん好《ちっとも》かん」

前から言おうと思っとったけど、と強烈なパンチを見舞ってくれた葛葉は、声をあげて笑う。

「ふふっ」

「ええ……」

「じゃあ、ウチそろそろ行くね、もうつかさちゃんも来ると思うけん」

「僕にちょっかい出すのはやめたって伝えなくていいの？」

「やーよ、くやしかもん。伊織クンが言っといて」

そう言うと葛葉は、こちらをもう振り向くことなく小走りで去っていった。

§

後夜祭のはじまりを前に特設ステージ付近には再び人が集まりはじめた。

それと入れ替わるように少し離れたベンチに移ってスマホを弄《いじ》っていると、天道からの「お待たせ」というメッセージが通知に出た。

「なんだかお疲れね？」

「――つかささん」

ポンと背後から肩を叩いてきた恋人はベンチの隣に腰かけると、ステージ上で見せたみたいに僕の手を取った。

十一月の夕暮れは、恋人の体温をはっきりと意識させる。

「特別賞おめでとう、格好《かっこ》よかったよ」

「ありがと。伊織くんのおかげよ──それと応援してくれた人たちね」

僕だけじゃないよ、という言葉に先んじてそう言うと天道は体を押し付けるように身を寄せてくる。

「ところで真紘来なかった？　あの子早々に着替えて帰っちゃったんだけど」

「ん、来たよ。それでまぁちょっかいかけるの、やめてくれるってさ」

「そう、良かった。伊織くんも大変だったと思うけど、ありがとう」

「何を話したか、聞かないの？」

「友達が振られた経緯をわざわざ聞こうなんて思わないわよ、伊織くんがちゃんと断ったのは聞かなくてもわかるし」

「そっか」

そう言われれば僕としても助かる。

改めて彼女にこうして僕は君の友人を振りました、なんて説明するのはいろんな意味で地獄だしな。

「でも優勝は惜しかったね」

「そうね。まぁちょっと相手『も』悪かったから、しょうがないわ」

実際のところ、天道は他の参加者にくわえ自分の過去──というには他人にとっては昔のことでもないだろうけど——とも戦っていたわけで、実際どれくらいのハンディキャップになったのかはわからないけれど、そこを含めて考えれば本当に、とんでもない大健闘だったろう。

それでも、だからこそ、その過去を悔やんだり、あるいは改めてその重さを突きつけられたりするようなことはなかったんだろうか。

「つかささんは、もっとああしておけばよかったとか考えた？」

「いいえ。私、反省はしないでもないけど、後悔はしないようにしてるの」

だって精神衛生上よくないでしょ、なんてのたまう彼女は、やはり無敵の存在なんじゃなかろうか、とそう思えてくる。

「――本当に？」

それでも、そう聞いていたのはステージ上の彼女の笑顔が引っかかっていたのと、葛葉に言った「話を聞くのが大事」というのは、今のようなときだと感じたからだろう。

じいっと天道の目を見つめる。少し驚いたように目を見開いた彼女は、苦いものを含んだ笑みをうかべた。

「なぁに？　今日の伊織くんは意地悪ね。そんなに私に悔しいって言わせたいの？」

「うん。つかささんがそう思ってるなら、だけど」

冗談っぽい言葉にマジレスするのは慣れたものだ。

悪いけど、これくらいじゃたじろがないぞ。

だってこれはきっと、恋人として、そしてその先も天道つかさと付き合っていく気なら、僕が知っておくべきことだから。

見つめ合うことしばし、天道がふっと息を吐いて視線を落とした。

「——悔しい、悔しいわ。負けないつもりだったし、上手くできたと思ったから。伊織くんに『どう、ミスキャンパスの恋人を持った気分は？』って聞くつもりだったし」

「うん」

「けど一番悔しかったのは、昔のことさえなければって、少しだけそう思っちゃったこと——自分で決めたことだったのにね」

返事をする代わりにつないだ指に力をこめた。

いつもは僕の手を握ってくれる細くて華奢で柔らかな手を。僕がきっと必要だったときに、天道がそうしてくれたように。

そうして、それだけで彼女には十分だった。

「——でもね、これからもきっと過去はついて回るんだろうし、その度に悔しがってもしょうがないじゃない？」

だから、と続けたときにはもう天道つかさは僕の知っている、そして大好きな笑みを浮かべていた。

「気にしないわ、大した荷物じゃないもの」

「つかささんらしいね」

「ええ、いけない？」

強キャラの貫録をすっかり取り戻した天道の指が、いつでもつねられるんだぞ、とばかりに手の甲の皮をもむ。答えを誘導するのはやめようよ。

「ううん、実際建設的な考え方だと思うよ」

ただ、だからこそ恨まれそうではあるんだよなぁ。理解することも難しいだろうし。まぁでもそれこそ気にしすぎてもしょうがないし、何かあったときに力になれるようそなえておく以外にできることもないか。

「――でも、口にしたら改めて悔しくなっちゃったから、来年は伊織くんがミスターキャンパスでかわりに優勝してね」

「いや無理、それはほんと無理」

ハードルが高すぎてもうくぐるしかない。

優勝どころか応募の時点で落とされる自信があるぞ、どういうシステムかは知らないけ

ど。

「あら、そう？」

残念と呟いた天道は、さっとあたりを見回すと触れるだけのキスをしてきた。

本音をさらすことになった仕返しのつもりかもしれないけど、嬉しいだけなんだけどな。

いや、そこまで読み切ってのことかもしれない。

こちらの反応を確かめるように、じいっと目を合わせる彼女は感触を反芻《はんすう》するようにやたらに色っぽい仕草で自分の唇をなぞったあと微笑む。

「——ね、来年の学祭も楽しみね」

「うん、ミスターキャンパスには出ないけどね」

去年と比べて激動の今年を考えると、来年に何が待ってるかは予想もつかないけど、楽しみなことには違いなかった。

そして、来年がもっと素晴らしいものになるとしたら、その鍵はきっと天道つかさが握っているのだろう。

第十二話　志野伊織の長くて短い誕生日・前編

親戚の結婚式があるから夕方からでもいい？　と妙に悲痛な声で天道《てんどう》つかさが、僕が二十歳になる今年の誕生日の予定を押さえたのは、夏休みが明けてすぐのころだっただろうか。

そうして迎えた十一月二十七日、予定より少し早い時間に部屋のインターホンが鳴った。

レストランに行くからと聞かされていたので、ジャケットに襟付きシャツ、チノパンと自分的には大分頑張った服装で玄関のドアを開けると、結婚式からそのまま来たのだろう、コートの下に華やかなドレスを着た彼女が立っていた。

「お待たせ、伊織《いおり》くん。それから、誕生日おめでとう」

「ありがとう……ごめん、つかささんちょっと待ってくれる？」

初めての恋人ができて以来、少しずつファッションについて労力と時間を割いてきた僕の脳が「アカン」と警告する。

これはつり合いが取れなくてどっちも恥をかくやつだ。

そしてその場合、顔面偏差値の差で、世間はより僕の方に厳しいんだ。

そうに違いないんだ。

「どうしたの？」

硬直した僕を怪訝《けげん》そうに見る天道は、髪をアップにしてメイクはもちろんイヤリングとかのアクセもばっちりだ、それに比べてと玄関の姿見に映る自分を見た。

ヨシ、ダメだな（確信）。

「や、スーツに着替えてこようかなって……」

幸い、大学の入学式で使ったのがあるし、と引き返そうとする僕を慌てて天道が引きとめる。

「え、それで大丈夫よ。そこまでかしこまったお店じゃないから」

「本当に？」

「嘘をついてどうするの。むしろ私が目立つと思うから、先に謝っておくわね」

「いや、それはないんじゃないかな……」

というか仮に浮いてたとしても天道は結婚式かなにかの帰りなんだろうな、ってぱっと見でわかるだろうし。

そうなるとやっぱり僕が「コイツまさかこれで式に出たの……？」と思われるのではと

いう心配もある。

詰んだな。

「それにほら、予約の時間もあるから、ね？」

結局悪あがきで前髪を上げただけで、あえなく僕は明らかにタクシーではない高そうな黒のセダンでレストランへと連行されることになった。

もう車からして庶民向けのデートじゃないんだよなあ……。

§

しかし僕にとっては幸いなことに、かしこまった店ではないという天道の言葉に嘘はなくて、明治《めいじ》通り沿いにあるロシア料理店は、歴史を感じさせる重厚な内装ではあるものの、店の雰囲気はむしろ家庭的といっても良かった。

聞けば市内では割と有名な老舗《しにせ》らしい。

客層も仕事帰りらしきスーツ姿のサラリーマンや、正装した小さい子もいる家族連れに、カジュアルよりの服装の老夫婦と千差万別だ。

これなら中学のころに社会勉強として両親に連れていかれた店の方が、周囲の圧が高かった気がするな。

席に着いた天道はちらほら周囲の注目を浴びているけど、それは服装のせいというよりは単純に容姿のせいだろうし。

我の恋人ミスキャンパス特別賞ぞ？　ってドヤりたいところだけど、それって別に僕が誇ることでもないんだよな……。

余計なことはやめておこうと、テーブルに置かれていたメニューを取る。

予約のときにコースはもう決めてもらっているので純粋な興味からだ。

ロシア料理ということでもしかしてキリル文字？　と思ったけれど、開いてみれば一部に写真もあるシンプルな作りで、メニューはカタカナで書かれている。

聞き覚えのない料理には括弧書きで「キエフ風カツレツ」とか説明までついている親切設計。

最初からそっちだけのせればいいのではっていうのは無粋《ぶすい》なんだろうな。

だからってフランス風の筆記体で書かれたアルファベット表記だけのメニューは粋《いき》を通り越して不親切だと思うけど（一敗）。

そうしてメニューを閉じると、対面の天道はなにやら優しい顔をしていた。

「え、つかささんどうしたの？」

「伊織くんが今何を考えてたのかなって思って」

「ええ……?」

母親みたいな優しい声で言うじゃん……。

割とどうでもいいことを考えていたところに、なんか子供っぽいと思われて母性を発揮されているのではという疑惑というか事実を突き付けられたけど、これで反発したらそれこそ子供っぽいよな。

「いや、どんなコースなのかなって」

「それは秘密だけど、味はおばあさまのお墨付きだから、安心して」

「へえ」

そう聞くと途端に期待値があがるなあ。

なにせ同じ家族でも天道とはお金持ちとして生きてきた時間も、高級料理を食べた機会も全然違うだろうし。

「ところで伊織くん、明日の昼まで付き合ってもらうけど、大丈夫よね」

周囲に人はいても、店内のBGMやらそれぞれの会話やらで聞こえることもないだろうけど、さらっと言われた内容にはもちろんお泊りも含まれている。

しかしここで変に反応すればそれこそ目立ってしまう。

「え、あ、うん」

結果、面白みのない返事になった僕を見て天道は口元を緩める。

「ふふ、良かった。色々考えてるから、楽しみにしてね」

「アッハイ」

可愛い彼女が楽しそうでなによりだな！　と自棄《やけ》になると、それを察してまた彼女の笑みは深まるのだった。

永久機関かな？

何をしても彼女が笑ってくれます、とか一般的には惚気《のろけ》だろうけど、でもちょっとくらい反撃できないかと考えているうちに最初の一皿が運ばれてきた。

コース料理の先鋒《せんぽう》を務めるのは前菜の盛り合わせだった。

「――いただきます」

皿にずらりと並んだそれは一つ一つは一口サイズだけども、漬物やらチーズやら肉やら魚やらとにかく種類が多い。

味つけは全体にやや濃い目で個人的にはご飯が欲しい感じ。

多分、本来はアルコールと合わせていただくものなんだろうけど、さすがに外食で初挑戦してみる気になれなくて、天道もそんな僕に合わせた形だ。

そうして同じように食べてるはずなのに天道だけやたら上品に見えるのはドレス補正なのかお嬢様補正なのか……。

続いて出てきたのは綺麗な丸型の大きなピロシキとボルシチ。

パンはレストランでも手づかみでよかったよな、と思い出しながら、紙ナプキン越しに手に取ると結構熱い。そしてずしりと重かった。

肝心の味は外はサクサク、具だくさんの中身は熱々でひき肉の存在を確かに感じる、だけど脂っこさは全然なくて学食のピロシキとは見た目にも完全に別物だ。

ボルシチはその赤さにちょっと警戒したけども、独特の酸っぱさはそこまで強烈でなくて食べやすい。なにより入っている肉が大きい（重要）。

メインはまだだけども、料理は皿や盛り付けを含めてシンプルで素朴な感じで、お腹が膨れてきたこともあって緊張はすっかりどこかへ行ってしまった。

家を出るときにビビってたのが馬鹿みたいだな……。

「――どう、気に入ってくれた？」

「うん。味つけはちょっと独特な感じだけど、いい感じに抑えてあって、それでいい具合にロシア感が出てるよね」

「そう、良かった。でもなぁに？　ロシア感って」

「異国情緒……かな」

それならそう言えばいいのに、と天道は笑った。

メイクのせいかもしれないけど夏の日差しにも負けなかった肌は、冬が近づくにつれ一層白くなった気がして、落ち着いた照明の下でもその笑顔は輝いて見える。

つくづく思うに、顔がいい。

美人は飽きるっていうのは何が根拠なんだろうな、数か月たってもしみじみ感心するんだけど。

去年の僕に「来年の誕生日は天道つかさと楽しくディナーしてるよ」なんて伝えても絶対信じないよな……。

「なぁに？　じっと私を見て」

「いや、つかささんと誕生日にご飯食べてるなんて、改めて考えるとちょっと不思議だなあって」

「そうね、一年前なら私も信じなかったかも……いえ、婚約者が伊織くんだって言えばそうでもないかしら」

「あー……」

そう言われてみると、二人っきりではもっとあとになるとしても、もっと早い段階で天道から誕生日を祝われる可能性もあったのか。

いや、やっぱりそれもそれで不思議な感じがあるな。

「それと、半年前にはもう私こうなるつもりでいたわよ」

「ええ……」

あの五月の段階でそんな風に思えてたのは強すぎる。

いや、「こうなるつもりでいた」だから単純に僕を落としきる自信があったんだろうか。

そして実際にそうなってるんだから自信過剰とも言えないいな……。

「まぁ過程は違ったし、伊織くんとの関係も想像より良好だと思うけど」

「つかささんのそうやって断言できるとこ本当すごいと思うよ」

「そう？　ありがとう」

天道が浮かべた不敵な笑みは、本日の最大魅力値を更新したと思う（僕調べ）。

——そうしてボルシチの次には、カップの上に帽子みたいにパンをかぶせたキノコのクリームスープ、メインディッシュには牛肉の串焼き、デザートのアイスクリームと最後にロシアンティーと続いたコースは味も量も大満足だった。

個人的には、紅茶嫌いの僕でも飲めたロシアンティーが革命的だった。

きっと世の中には、他にも僕の知らない美味がたくさんあるんだろうな。

§

食事を終えて店を出ると空は真っ暗で、代わりに行きかう車のライトが通りを明るく照らしている。

バスが支配する市中心部の道路は、どこも混み合っていて、通勤通学と重なる朝夕の時間帯はそれが特に顕著《けんちょ》だ。

家に戻るだけならレストランから徒歩ですぐの地下鉄駅まで歩いた方が早いんだけども、天道は通りを渡るとさっとタクシーを捕まえる。

運転手に告げた行先は、夏にプールに行くときにも利用した、海《うみ》の中道《なかみち》への渡船場がある百道浜《ももちはま》の海浜公園だ。

帰宅のために西へと向かう車の流れの、延々と並ぶブレーキランプを眺めながらの道行はたっぷり三十分以上かかった。

「――わ」

そうして福岡《ふくおか》タワーのちょうど裏側でタクシーを降りた僕らを強い海風が迎えた。

信号のない横断歩道を渡って、公園入り口の階段をのぼる。

ビーチを見渡すためか、高くつくられた公園入り口には、噴水や水路が設けられていて、よくわかんないオブジェなんかも並んでいる。

ぱっと見でわかりやすくデートスポットなんだけども、時間帯のせいか不思議と賑《にぎ》わってはいない。

大学に入ってから何度か散歩がてら来たりもしたんだけど、ほんとカップル見かけないんだよな。

タクシーとかバスでないと微妙に来られない不便さのせいだろうか。

あとは今の時期は季節のせいもあるだろうか、海が北側になるので遮るものがなにもないんだよな。

「つかささん、寒くない？」

「ええ、大丈夫。ね、ちょっと海を見ていかない？」

「ん、いいよ」

例によって天道に腕を差し出して、身を寄せ合って歩きだす。

コツコツと彼女の足元からは硬い音があがる。ドレスに合わせて普段と違う靴をはいてるからだろう、歩みはいつもよりもゆっくりだった。

あんまり長い距離は歩かない方が良さそうかなあ、とぼんやり思う。

柵のそばまで行くと夜の暗い海を背景にして、左右を店が囲む広場から海へと延びる白い道、その先の結婚式場が控えめな暖色の明かりによって夜に浮かび上がっている。

クリスマスまで一か月を切ってることもあって、イルミネーションなんかもされてるけど本当に控えめなんだよな……。

「なんていうか、奥ゆかしいよね、ここ」

「あら、伊織くんにしては言葉を選んだわね」

連れてきてもらった身としてはくさすのもあれだけど、白々しくなるのもなあと思って口にした言葉は、天道としてはお気に召したらしい。

くすくすと笑い声を漏らしたあとはそれ以上何を言うでもなく、僕の右肩に頭を預けて視線を海へと向けた。

こうした沈黙が苦にならないってのは、素晴らしいことだろうなあ。

女子と何を話せばいいのかわからない、っていうのは全ての非モテ男子が共有する永遠の悩みだし。

ぼうっと遠くを眺めて過ごすのが全く苦ではない僕も、天道にならって景色を眺めることにする。

視線を少し右に向けると、真っ黒い海を縁取るように海岸沿いに光が並んでいた。

港湾施設のクレーンだろう高い位置で連なる光や、誘導灯らしき強烈な赤い光、オレンジのライトが照らす都市高速。

ぽっかりと影になった場所は西公園《にしこうえん》のあたりだろうか。

それから湾をゆっくりと滑る、船のものらしき光も見える。

光と影を見ながら、それが何なのか、何があるのかを想像する。おぼろげにしかわからないものは、だからこそ興味を引かれるのだろうか。

なんてぼんやり景色を眺めていると頬に柔らかなものが触れて、天道の甘い匂いが鼻をくすぐる。

放っておきすぎたかな、とキスをしてきた彼女に視線を向けると、予想に反して天道は柔らかく微笑んでいた。

「私ね、遠くを見てる伊織くん見るの、結構好きよ」

「――なんか絵のタイトルみたいだね、それ」

なんか「○○を見る○○を見る○○」とか習作とかデッサンにつけられてそう。

「なぁにそれ」

声をあげて笑うと天道はキスをした側とは反対の頬に手を当ててきた。

なめらかな指先が、頬骨の形を確かめるように二度三度と上下に動く。

「――ここ、思ってたより冷えるし、もう行きましょうか」

「僕はいいけど、いいの？　まだ来たばっかりじゃない」

「いいの、帰るわけじゃないから。次は、タワーにのぼりましょ」

そう言って天道は高くそびえる塔を指さした。

§

――福岡タワーにのぼるのなんて中学の学校行事以来かな。

地上百二十三メートルだかの展望フロアへはエレベーターで一分弱。どんどんと高くなっていく視界にちょっと恐怖を覚えつつ記憶をたどる。

前に来たときはもちろん昼間だったので、見える景色は全く違っていたはずだ。

タワーは部屋や大学付近から割ときれいに見えるので、僕にとっては完全に日常の風景だ。けど、だからこそわざわざ行こうかって気にはならなかった。

なにより、大きなエレベーター内に乗っているのが僕らの他には三組のカップルだけなあたり、男が一人で来るようなところでないのははっきりしてるしな。

なんて思っていると腕を組んでいる天道が、より一層身を寄せてきた。

「つかささん？」

周囲からもなにやらひそひそ声が聞こえるし、他の面々も似たようなことはしているけども、もうちょっとくらい我慢できないかな、という思いを込めて声をかけると悪戯《いたずら》っぽい笑みが返ってきた。

「――こういうときって、どれだけこっそりいちゃつけるか、みたいなところあるじゃない？」

「初耳な風潮だなあ……」

そしてあんまりこっそりできてないと思うよ。

でもそう言われてみれば、世のカップルがなぜ人目もはばからずいちゃついてまわるのか説明がつく気がするな。

そうか、彼ら《カップル》はそういうエクストリームスポーツに興じていたんだな。芸術点とかもあるんだろうか。落第ばかりでは？

なんてことを考えつつ、僕の手を取って指を絡めてきた天道の手を握り返すというシークエンスをこなした。

「うーん……カップルしかいないね」

「さすがに、この時間になるとそうよね」

そして三百六十度見渡せる展望フロアにいたのも、またカップルたちだった。

今や僕もその一部なんだけど、リア充空間というものへの謎の反発心が非モテ男子にはしみついてるせいか、こういうときはどうしても棚上げして噛みつきたくなる。

「ほら、伊織くん、もっと窓際に行きましょ」

もっとも天道つかさという美人で（今はあんまり関係ないけど）お金持ちの恋人の存在が僕にそんなことへこだわってる時間を与えてくれないけど。

タワーは三角形の筒型なので端の部分は必然的に鋭角になっていて、転げ落ちる想像を呼び起こすそこには高所恐怖症でなくてもちょっと近寄らんとこ、となる。

海側はさっきまで見ていたので、まずは街の光が眩《まぶ》しい市街地側の窓へ向かった。

東の方へ目を向けると、空に福岡空港へ向かう飛行機らしき光が見える。

「あんな眩しいところに着陸するのって難しそうだなあ」

「飛行機？　そうね、暗いのとどっちが大変なのかしら」

「うーん、周りが真っ暗だとそれはそれで大変そうかな」

まぁ航空事故なんてかなり珍しいことだから、あれで深刻に困ってることもないんだろうけど。ただでさえ離着陸が多いらしいからなあ。

「今度、どんな感じなのか、乗って確かめてみる？」

「それだけのために飛行機に乗るのはちょっと豪快すぎない？」

社会主義者が聞いたらキレそうなお金持ちの発想だ（偏見）。

それからやれ天神《てんじん》があの辺、博多《はかた》駅は多分あのあたりと、正解を確かめようもないクイズをはじめる僕らは完全に場に溶け込んでいたと思う。

例によってやっぱり、当事者になってバカップルするのは意外と楽しかった。

第十三話　志野伊織の長くて短い誕生日・後編

「――今日、ホテルの部屋とってあるから」

「あ、うん」

タワーを下りてそろそろ家に帰るのかな、という予想は天道の男前な言葉で覆された。

彼女に連れられて向かったのは、タワーからは徒歩圏内にある百道《ももち》のホテルだ。

すなわちそのまんま僕の部屋からも徒歩圏内にあるわけで、そこにわざわざ泊ろうなんて言うのは贅沢《ぜいたく》だなあ、とちょっと思わないでもない。

何より誕生日のデートでレストランでのディナーからホテルの予約まで済ませる恋人相手に、いざ自分が祝う番になったときに一体どんなプランを用意すればいいのか、ちょっと悩まないでもない。

いや、それよりはもう間近に迫ったクリスマスか、ふふ、何も考えてないいな？

死にたい。でも生きて迎えたい。

一人で勝手に気分をアップダウンさせながら、勝手知ったる様子で進む天道のあとについていく。

そうして部屋に一歩踏み入れて、その広さに「はえー」となっていると、突然の壁ドンが僕を待っていた。

ええ……？

「伊織くん……」

「うん」

熱っぽい上目遣いの視線で全てを察して、首に腕を絡ませてくる彼女の背を抱きながらキスをした。

ん、と漏れ聞こえる普段より甘い蕩《とろ》ける声に、一気に体が熱くなるのを覚えながら彼女の求めに応じて舌を絡ませる。

分単位はかかったような長いキスが終わっても、天道はその体重を僕にあずけたまま、物足りなそうな目で見上げてきた。

「――どうしたの、急に」

「だって、それとなく誘ってたのに。伊織くん、いつまでも待たせるんだもの」

「ええ……」

ホテルまでにそんな機会もなかったと思うんだけど……。

「ちなみに、いつから？」

「ハイヤーで迎えに行ったときから」

それは早くない⁇

そんな初手から機をうかがっていたのか……。

それなのにレストランとかでは、あんな平気な顔してたのかと思うとそれはそれでちょっと興奮するな。

「もう、また別のこと考えてる」

「ぐえ」

言って今度は体当たりするように僕の体を壁に押し付けてくると、下唇に噛《か》みつくように軽く歯を立てた。

「ん……きゃっ」

「っと」

もう完全に肉食獣の目で僕に笑いかけた直後、かくっとその膝が折れた。

慌てて身を支えると、右の靴が脱げかけていた。

僕とはレベルの違うお洒落《しゃれ》な彼女でも、結婚式で着るようなドレスに合わせる靴は、そんなに履きなれてないいんだろう。なにかの拍子でバランスを崩したらしい。

「……今、笑ったでしょ」

「いや、そんなことないって。普通に危ないから。足は捻《ひね》ってない？」

「それは大丈夫」

照れ隠しなのか、ちょっと拗《す》ねたような声にこそ笑いそうになったけどグッとこらえて、念のためにと天道の体を横抱きの形で抱え上げた。

きゃ、と小さく声を漏らした彼女は、僕の行動に少し意外そうな表情を見せたあと、口元を緩めた。

「ふふ……」

目元がほんのり赤く見えるのは、光量をしぼってある照明のせいだろうか。

「伊織くん、ソファーじゃなくてベッドね」

「仰《おお》せのとおりに」

まぁ誕生日に素晴らしいデートを用意してくれた彼女のために、これくらいのええ格好《かっこ》はしても罰は当たらないよな、と自分に言い聞かせて大股で部屋を進んだ。

お望みどおりにキングサイズのベッドに彼女を下ろすと、部屋用のスリッパを足元へ用意する。

もっともお嬢様はそれに見向きもしないで、靴を脱いだ足をするりとベッドにもちあげてしまったのだけど。

「つかささん、コートあずかるよ」

「うん、ありがと」

二人分のコートをクローゼットにしまい込む。

それをする間に見える部屋のあれこれに、ここって一晩でおいくら万円なんだろうな、ということが気になった。

すでにえっちな雰囲気になっている恋人と、現実的な要素の板挟みで頭が煮えそうだ。

まぁもう完全にする流れだし、まったくやぶさかではないどころか普通に楽しみだから、と金銭とかいう現実を頭から追い出そうとする。

ベッドを振り向くと、ドレスをセクシーに着崩して完全に誘っているポーズをとる天道つかさの姿に、努力する必要もなく彼女以外のことは吹っ飛んでいった。

ふらふらと引き寄せられ、靴を脱いでベッドの上を膝立ちで進んだ。

そうして天道のそばへ行くと、こちらを見上げる彼女に覆いかぶさるような位置に手を置いた。

暖房の効いた部屋の中で、立ちのぼる彼女の匂いに理性がまた少しだけ余計な気を回させた。

「つかささん、シャワーは浴びなくていい？」

「いいの――もう待てないから」

甘える声は、とんでもない破壊力だった。

§

「ん……ふ……」

ぴちゃぴちゃと、えっちっぽい水音が部屋に響く。

天道にキスをせがまれながら、そもそもの構造を理解してないドレスを脱がすのは困難を極めた。

僕もすっかりその気になっているだけに、その時間がもどかしくて、膨れあがる触れたい気持ちが、焦りになって手元をくるわせる。

そのくせ彼女はくすぐったそうに身をよじったり、僕のシャツの前をあけ終えると、シャツの下に手を突っ込んで撫でてきたりするのだからたちが悪かった。

「つかささん、脱がせられないから」

「ん、このままでもいいけど……」

「それはちょっと……」

普段ならまだ乗れるお誘いだけど、今日はお高そうなドレス姿なのがなあ。

今はまだこんなこと考える余裕があるけど、いざはじめてしまえば自制ができるかは僕にもわからない。というか自信はまったくなかった。

「じゃあいっそ、逆に破いちゃう？」

「今までで一番それはおかしいって言える『逆に』だなぁ……」

アルコールは入ってないはずなのに、くすくすとおかしそうに笑う天道はまるで酔ってるみたいだった。

このテンションの高さじゃフォローは期待できないな、としょうがないので手探りでドレスの背に手を回した。

前面は文字通り手掛かりが見当たらないので、多分後ろにファスナーなんかがあるタイプだと思うんだけど……。

「ん……もうくすぐったい」

「あ、あった」

フックとファスナーの二段構えか、と探り当てたころには、天道はすでにこっちのベルトまで外し終えていた。

鮮やかな手際すぎて、ちょっと心の内臓にダメージが入る。

でもわざとらしくもたもたされてもそれはそれで複雑だな……。

「ん……ふ、ぅ……」

そんな内心の葛藤はやたらと色っぽい吐息で吹き飛ばされる。脱がすのを協力してくれてるんだろうけど、背を反らして身をよじらせる姿は刺激的すぎた。

すでにズボンの前は彼女の手によって開けられていて、解放された興奮の行きつく先は痛いほどだった。

手伝ってはくれても天道が身を起こさないので、結局ドレスはずるずるとベッドの上で引きずるようにして脱がせることになった。

それを丁寧に脇に置いて、下着姿になった彼女に視線を移す。

多分僕は、数秒間呼吸を忘れていたと思う。

「——伊織くんのえっち」

こっちの台詞《せりふ》なんだよなあ……！

わざとらしく両手で上下の下着を隠しながら、あきらかにこっちの股間に一度視線を向けてそう言った天道は、今までで三本の指に入るくらいえっちだった。

「つかささんのほうが、えっちじゃない？」

「そうね。嬉しい？」

「嬉しいけど、正直に言うのは悔しいな……」

本当に強すぎない？

普段もだけれどベッドではより一層だから困る。

「意地っ張り……あっ」

話していたらいつまでたってもペースを握られてしまうので、黙って胸と腿の付け根を隠していた腕をつかんで、引きはがした。

細くて柔らかい腕は乱暴に扱うとあっさり折れてしまいそうで、ちょっと怖い。

そうして露《あら》わになったレースと透け感たっぷりの下着に僕は言葉を失った。

どれだけ人の理性を破壊してくるのか。

「——つかささん」

「なぁに？　恥ずかしいから、あんまり見ないで？」

もう誘い受け以外の何物でもない甘い声をあげた彼女は実に楽しそうだった。

「なんか、どっちにもほどけそうなリボンが中央についてるんだけど……」

「ええ、プレゼントのリボンみたいよね」

「それズルくない⁉」

もうネタとして使い古されて、いっそコメディみたいになってる「プレゼントは私」をえっちい下着で実際にやってくるとはさすがに予想できなかった。

「嬉しい？」

「うん……ありがたく、いただきます」

重ねられた問いに、妙な敗北感とそれ以上の興奮を覚えながらブラジャーのリボンをほどく。

それで留められていたスリットが開かれると、リボンの下で薄桃色の胸の先端はすでに尖《とが》りきっていた。

「んっ……」

指の腹でそこを弾《はじ》くと、天道はびくりと体を震わせて声を漏らす。

指を広げて全体をつかむように感触を確かめる僕の手が動き、柔らかな胸がそれにあわせて形を変える度に甘い声があがった。

それに少し気分を良くして、滑らかなお腹のラインをなぞりつつ手を下へと動かしていく。指がおへそのふちをなぞったところで、天道がくすぐったそうに身をよじった。

「ほどくね」

「うん……どうぞ」

意外にしっかりと結ばれたリボンをほどこうと、体の位置を下げると天道が僕の鼻を軽く摘まんだ。

「匂いは、嗅がないで。もう濡れてるし、汗もかいたから」

そう言われると途端に意識しちゃうんだけどな。

「見るのはいいの？」

「感想は黙ってて」

「アッハイ」

レベルが高いタイプの理解のある彼女だなあ、と思いながらリボンをほどいていく。一番下のそれは少し湿って、結び目がきつくなっていた。あとの感想は希望通り控えておく。

「う」

お返しとばかりに手が下着越しに僕のペニスを撫で、そこからひっぱりだそうと指をかける。

正直、それで暴発しなかったのはただの幸運だった。

彼女の手に導かれるまま行為をはじめようとして、大事なことに気づく。

「あ、つかささん、待った。まだゴムしてない」

「――必要？」

少し不服そうな顔で告げられた言葉の意味を理解するのに、ちょっと時間を要した。

「必要だね……」

そうして真っ当な自己分析と教え込まれた常識と、単純な欲望と、天道がこんなことを言いだした理由とを考えだして処理落ち寸前な頭が、それでもなんとか理性が導き出した答えを返す。

「周期的に、まだ大丈夫な日だと思うんだけど……」

もちろん、それで簡単に引き下がってくれる天道つかさじゃないのは予想できた。

「前にもう少し二人でいたいって言ってたけど、気が変わった？」

「いいえ、だから大丈夫な日に誘ってるの」

「単独だと避妊としては信頼できないんじゃないっけ……」

基礎体温法だっけ、そもそもコンドームでも百パーセントじゃないって話だしな。

あんまり拒否するのもそれはそれでまずそうだけど、これぱっかりは譲歩もできない。

「そうね、ただあのときよりもキミの子供ならって気持ちは強くなったから――もし、そうなったらそれはそれで嬉しいかなって」

「う」

そう言って嬉しそうな顔をみせるのはちょっと反則じゃないかな……。

「……つかささん、もし僕がこれでドはまりして、これからずっと生でさせて、とか言いだしてもちゃんと断ってくれる？」

「むしろ私の方からせがんじゃう可能性もゼロじゃないわね」

天道が正直なのがありがたいのか、残念なのか。ここでもし嘘でも大丈夫って言われたら乗ってた気もするな……。

「自信満々にダメなこと言うじゃん……」

「そうなったらちゃんと経口避妊薬《ピル》を用意するわ、大した負担でもないし」

「あのさ、つかささん。そういうのは僕らが、子供が欲しくなったときにとっておかない？」

「――ん、『私たちが』ね」

これでもう一度迫られたら断り切れないな、という覚悟で口にした答えに天道は頷く。

「でもね、伊織くん」

「――なに？」

「私、こんなこと思ったのも、伝えたのもキミがはじめてだから」

そう言った恋人の表情をなんとあらわせばいいのか、僕は知らない。

ただなにか、自分の胸の中に今すぐ叫びだしたいような気持ちが生まれたことは確かだった。

「伊織くんが私のことも考えて断ったんだってわかってるつもりだけど、ちゃんといつか、もらってね？」

「うん――うん」

今をその「いつか」にできれば良かったんだろうけど、胸の内に生まれた気持ちは大きすぎて、それがちゃんとした覚悟になるのか、今の僕では断言できなかった。

「絶対に、そうする」

だから少し潤んだ彼女の瞳を見つめて、今の精一杯を口にする。

「楽しみにしてるわ――じゃあ、バッグの中に入ってるから、取ってもらえる？」

「うん――あの、がっかりしないでね、つかささん」

「がっかりはしてないけど、そうさせたって感じたなら機嫌をとって？」

「うん」

実に彼女らしい物言いに少し救われた気持ちになりながら、唇と体を重ねる。

触れ合う肌は汗ばみそうなほど熱くて、ゴムをつけるなりくわえ込むように誘われた彼女の中はそれよりもっと熱かった。

§

立派なベッドでもスプリングの音はするんだな、と耳に入ったかすかな軋《きし》みにそんなことを思った。

セックスの最中にそれに気づいたのは、余裕があるからではなく、行為に集中してないからでもなくて、そうでもして意識をそらさないとあっという間に射精してしまいそうだからだった。

「んっ、んっ、ん……ぁ」

僕の下で、動きに合わせて白い体を揺らしながら天道が悩ましい声をあげる。

綺麗にアップにしていた髪は崩れて汗に濡れ、つけたままのイヤリングが明るい茶色の髪を背景にときおり光を反射していた。

その妙に余裕のない様子が、征服欲とか優越感とか、そういうものを燃料にして快感を燃え上がらせる。

「ね、伊織くん、キス……」

そうして今度はそう強請《ねだ》る声が、汗と性にまみれた行為のなかでそこだけは親愛を示すように行われた軽い口づけが、余計なものの交じらない恋人への愛《いと》おしさを呼び起こす。

「――んんっ、今日、なに、か……すご、い……っ」

言葉で煽《あお》ってくれるけれど、それは多分、僕じゃなくて天道に原因があるんだと思う。

はっきりと聞こえる粘っこい音と、腿《もも》の間で糸を引くような感覚。

ちらりと見れば、そこら中が白くべたつく粘液で汚れていた。

くわえて溶けてしまったかのように彼女の中での動きはスムーズで、なのにときおりきゅうっと握りこまれるみたいな圧がペニスに加わる。

「つかささん、その、もうちょっと、手加減してほしい……」

「んっ、伊織くんこそ、あんまり、いじめないで……？」

二人とも興奮しているせいなのか、まるではじめてのときみたいな快感に弱音を吐くと、天道は更に欲望を煽るような声を出した。

言いながらぎゅうっと脚で僕の体を挟みこんできたあたり、わざとじゃないんだろうけど、その言葉だけで頭がおかしくなりそうだった。

なんとなく、避妊をしてなかったら大丈夫ではなかったんじゃないかな、と思えた。

「はっ、は――」

さっきから頭の毛穴がぶわりと開くような熱を覚えて、そこから噴き出た汗が首を伝って肩や背中を濡らしている。

ベッドの上はまるで夏に戻ったようで、だからって暖房を切るために行為を中断する気にもなれない。

「あっ、あっ、ゃっ……！」

その間にも止まらない腰の動きに、天道が大きく体を震わせる。

身を貫く快感から逃れるように仰向《あおむ》けだった彼女の体がやや右側へと傾いた。

腰の左側だけを浮かせた状態で、体を波打たせるように腰がくねる。

「うっ……」

触れあう場所が変われば、快感も変わる。

質とタイミングの変わった新たな刺激に僕が呻《うめ》くと、天道は這《は》い上がるツタのように、するすると腕に腕を絡めて、僕の鎖骨のあたりをくすぐった。

「んっ、あ、あっ、伊織くん、ね、お願い、もう、出して――？」

嗜虐《しぎゃく》心を刺激する懇願に、視線でどうして、と問いながら浮いた腰をつかんで、一層体を密着させるように突き上げた。

「んうぅっ……！　私、おかしく、なっちゃう……っ！」

高い声をあげたあと、天道が発した言葉はそれこそ僕をおかしくさせた。

激しくなった動きにきゃん、と子犬のように高い声で鳴きながら、それでも僕を見上げる視線には非難や抗議よりも、どこか挑発的な色があって。

下手すれば僕のことを僕自身よりもよく知ってそうな彼女には、どうつつけばどういう反応が返ってくるのか、推測して導くことなんて簡単なんだろう。

絶対に、間違いなく誘い受けだ。

行為の熱で浮かれた頭が、それならと暴走する。

「あ、あ、あ――！」

でもその一方で潤んだ瞳から涙さえ零《こぼ》して感じている姿が、全部演技とも思えない。

だからきっと純粋に、天道つかさは僕とのセックスで気持ちよくなりたくて、それと同じくらい僕にも気持ちよくなってほしくって、そのためならどんな姿だって見せるし、あらゆる手で僕を熱中させる気なのだ。

それこそ、きっと見せたくない痴態《ちたい》まで晒《さら》すことになっても構わないくらい。

そんな必要ないくらいに僕は彼女に夢中なんだけど。

「つかささん、つかささん――！」

「ん、来て――」

間違いなくそれは、それだって、愛の形なのだと、今の僕にはそう思える。

愛おしさが生んだ快楽と、快楽が呼ぶ愛おしさに突き動かされるまま彼女をむさぼって、僕は今までにないほどの射精を迎えた。

「あ――」

ぎゅうっと全身でしがみつくように絡んだ天道の手足が、痛いほど僕の体を締めあげていた。

§

「――伊織くんのえっち」

絶妙な割合で拗ねと甘えが交じった天道の声が大きく響く。

行為の最中の僕の態度を非難したいらしいけど、明らかに誘い受けだったし、なんなら現在進行形でそうじゃないかっていう気もする。

「一緒にお風呂に入ろうって誘うのはえっちじゃないの？」

あのあともう一枚コンドームを使った僕らは、べとべとの体を綺麗にするために、お風呂に入っていた。

僕の部屋のお風呂は二人で入るにはさすがに狭いのもあって、今まで一緒に入浴したことはなかった。

「あら、恋人同士ならこれくらい普通よ」

「なら僕も普通だったと思うけどなあ……」

それが今日ホテルのお風呂ではじめての機会を得たわけだけど、わりとこれ目のやり場とかに困るな。セックスと違ってしていることが日常の延長なのが落ち着かないというか……。

僕が越えなきゃいけない壁はまだまだ多いな、としみじみ思った。

でもメンタルってそんなに急に強くはなれないんだよな……。

「ん、おしまい。流すわね」

「あ、うん、ありがとう」

背骨をなぞったり、僧帽筋《そうぼうきん》を撫でたりと不要な行為を挟みながらだったけども、天道が背中を洗い終える。

まぁ実際これくらいは健全かな、と思っていると右の肩甲骨《けんこうこつ》のあたりに柔らかなものが触れたあと、皮膚が引っ張られるような感覚を覚えた。

「──つかささん、なにしてんの？」

「ん、伊織くんに私の証《あかし》を刻んでるの」

「ヤンデレかな⁇」

キスの痕が残っても人に見られる心配がない場所とはいえ、急にどうしたんだろうと思っていると、べちりと今度は平手が背の中央を打つ。

「いたい」

「それじゃあ私も体を洗うから、お風呂つかって待っててね」

「あ、うん。僕も背中流そうか？」

「ありがと、でも気持ちだけもらっておくわ。今触られたら、またしたくなっちゃう」

「それはちょっとスイッチ入りやすすぎじゃないかな……」

僕も天道の手の小ささとか、なんか距離の近さで密《ひそ》かに勃起《ぼっき》はしてたけどさ。

「私をそうしたのは伊織くんでしょ。それとここで流されたら、ゴムなしではじめちゃうと思うけど、大丈夫？」

「オトナシクマッテマス」

さっきみたいなセックスをゴムなしでやったら、もう二度と我慢なんてできない自信があった。

なので大人しく浴槽へ身を沈めると、彼女は少しだけ残念そうな顔をする。

誘惑に負けるから本当やめてほしい。

「ん、よろしい……こっち、見ちゃダメよ」

「かわいい」

スポンジを大きく泡立てながら「べ」と悪戯《いたずら》っぽく舌を出す天道は、小悪魔的で可愛かった。

やっぱりベッドの上で多少でも彼女を思い通りにできた気持ちになったのなんて、錯覚だったんだろうな――

「ねえ伊織くん、もっと広いお部屋に引っ越すつもりはない？」

「うーん、今の部屋だって僕が家賃出してるわけじゃないからなぁ……」

そりゃあ天道と日常的に一緒にお風呂に入れるのには惹かれるけども、そのためだけに引っ越しを両親に頼めるほど図太い神経はしていない。

「そう、じゃあしばらくはデートのときのお楽しみね」

「――そうだね」

良かった、「じゃあ私が出すから同棲しましょ」って言いだす美人でお金持ちの彼女はいなかったんだ。もし、そう言われたら断りきれる自信がなかったからな。

学生の身でヒモになるのは避けたい……「しばらくは」ってあたり時間の問題な気もするけど。それでも守りたい尊厳と世間体《せけんてい》があるんだ……！

「なぁに、また難しい顔してるのね」

体を洗い終えた天道が、僕の眉間を軽く撫でる。

彼女は湯気の中に浮かぶ上気したその体をまるで隠そうともせずに、優雅な仕草でバスタブにのふちに腰かけた。ハリウッド映画の悪役の美女みたいだ。

「つかささん、もうちょっとこう、隠さない？」

「伊織くんには全部見せたし、そもそも私に見られて恥ずかしいところなんてないもの」

「さっきは、見ちゃダメって言ってたけど……」

「いつでも見られたんじゃ、ありがたみがないでしょ？」

「アッハイ」うーん、強い。

唸る僕の脚にわざと脚を触れ合わせながら、天道は向かい合う形でお湯に身を沈める。

それから僕はお風呂の熱と天道にゆっくりばっちりのぼせることになった。

§

お風呂のあと、サイドボードのデジタル時計が午前の表示に切り替わっても、ベッドの上で僕たちは、眠たい頭で会話を続けていた。

「――そうだ伊織くん、プレゼントを用意してたの」

突然、「忘れてた」と天道が飛びはねるように体を起こした。

「え、うん」

体を支配する疲れが、ベッドを下りる彼女をただ見送ることを命じる。

いくらか目が覚めた様子の天道はどこからか紙の包みを持ってきた。

今日の彼女のカバンやコートに入るサイズではないので、部屋に置いていたんだろうけど、つまり事前に用意してもらったのだろうか。

やだ、僕の彼女、恋人力高すぎ……？

こんなの漫画にしてＳＮＳで発信したら絶対バズるエピソードじゃん……。

「日付変わっちゃったけど、お誕生日おめでとう」

「ありがとう、嬉しいよ。開けていい？」

「ええ、もちろん。どうぞ」

リボンを取り丁重にシールをはがしていると、また天道に楽しそうな表情をされてしまった。

とはいえいきなり欧米スタイルに切り替えてビリビリ破るのも性に合わないので、時間をかけて包みを開くと落ち着いた色合いのインディゴ・ブラックが目に入った。

引っ張り出すとデニム地に、太めのステッチが走っている。ジーンズかと思って広げたそれは、シンプルで丈夫そうなエプロンのようだった。

「あれ？　つかささん、これ肩の部分、紐がないんだけど……」

だった、というのは腰の部分には絞るための紐があるけど、ちゃんと上半身の胸当てまであるタイプにもかかわらず、肩に紐もそれを通すためのパーツも見当たらないからだ。

「ああ、サスペンダーで留めるタイプなの。落としてない？」

「あれ、ええと——あ、布団に埋まってた」

音のしないベッドの上で開けたのが良くなかったな。

エプロンと一緒に入っていたらしい、X字型のサスペンダーは明るい茶色だ。

う――ん、エプロンといえば給食着か、小学校の家庭科で作ったヤツしか覚えがない僕の身には余るお洒落力だな。

「どうかな、似合う？」

「ええ、とっても」

一度ベッドを降りて試着したあと、彼女が撮った画像を送ってもらう。

うぬぼれるわけじゃないけど、その姿は自分でも意外と決まって見えた。

「伊織くんって結構肩幅あるから、こういうの似合いそうだなって思って」

「あー、なるほど」

そういうものなのか。言われてみればサスペンダー自体がなで肩には優しくなかったりするもんな。

「本当にお料理配信とか、してみたら？」

「わざわざ動画にするほどのことはしてないかな……」

「ならそれで私においしいご飯、また沢山食べさせてね」

「なるほど、それが狙いだったかあ……」

まぁ冗談なんだろうけど、でもそれがただの冗談にならないくらい僕の部屋での食事も当たり前になってるんだよな。つくづく、この半年は激動だった。

エプロンを丁寧に畳んで天道が待つベッドに戻るとすぐに、眠気が再び襲いかかってきた。

「あら、ダメなの？」

天道の声もいつもより少しゆったりしていて、それが更に意識を眠りへと誘う。

「いいよ……でも食べすぎないようにね」

「そのときは伊織くんと運動するから大丈夫よ」

「つかささん、はしたないから」

「別に、変な意味じゃないわよ？」

「なら、いったいどういう意味で言ったのさ――」

眠りに落ちるそのときまで、僕らはベッドの上でとりとめのない話を続けた。

それは子供がクリスマスや夏休みを迎える前のような、目覚めたあとに何か楽しいことが待っている、と無条件に感じられるような、そんな夜だった。

――こうしてはじめて天道つかさと迎えた誕生日は、決して忘れられない記憶として僕の心に刻まれたのだった。

あとがき

このたびは『続・「美人でお金持ちの彼女が欲しい」と言ったら、ワケあり女子がやってきた件。』をお買い上げいただきありがとうございます。小宮地千々《こみやじちぢ》です。

タイトルにあります通り、本作は「続」、すなわち二巻目に当たりますので、もし「続」のつかない一巻をお読みでない方がいらっしゃいましたらそちらからどうぞ。

さて一年前の九月、私は目標としていた「文庫一冊分くらいの文量のラブコメ」を「ミッドナイトノベルズ」（サイトの閲覧制限にご注意ください）に投稿し終えて、達成感に浸っておりました。

サイトの運営会社様から「書籍化打診のご連絡」というメールを受けとったのは、それから間もなくだったと思います。

最初に考えたのは「騙《だま》されんぞ」ということでしたが、どうやら嘘でないらしいとわかったあとも、こうして二巻目を出せるとは思いもしませんでした。

そしてこの二巻目が出るころには、おそらくヤングドラゴンエイジ様にて作画・白鷺六《しらさぎろく》羽《わ》様によるコミカライズ連載がスタートしています。

こちらも最初にお話をいただいたときは「騙されんぞ」と思いましたが、ありがたいことに現実となりました。

小説とはまた違う二人の表情を生き生きと描いてくださっていますので、こちらもどうぞよろしくお願いいたします。

結びに謝辞を。

イラストレーターのＲｅ《れ》岳《たけ》様。

今回も気合の入った顔の良いつかさにくわえて、伊《い》織《おり》、真《ま》紘《ひろ》、英《え》梨《り》と魅力的なイラストをありがとうございます。

担当編集川口《かわぐち》様、今回は前巻以上にご助力いただきました。ありがとうございます。

それしてなによりもＷｅｂ版、前巻から続いてこの本を手に取ってくださった読者の皆様にお礼申し上げます。

こうして二回目のあとがきを書くことができたのも、皆様のお力があればこそです。

本当に、ありがとうございました。

伊織とつかさ、そして彼らの友人たちも加わった物語をお楽しみいただけたなら幸いです。

ファンレター、作品のご感想をお待ちしています!

【宛先】
〒104-0041
東京都中央区新富 1-3-7　ヨドコウビル
株式会社マイクロマガジン社
GCN文庫編集部

小宮地千々先生 係
Re岳先生 係

【アンケートのお願い】

右の二次元バーコードまたは
URL (https://micromagazine.co.jp/me/) を
ご利用の上、本書に関するアンケートにご協力ください。
■スマートフォンにも対応しています(一部対応していない機種もあります)。
■サイトへのアクセス、登録・メール送信の際の通信費はご負担ください。

GCN文庫

続《ぞく》・「美人《びじん》でお金持《かねも》ちの彼女《かのじょ》が欲《ほ》しい」と言《い》ったら、ワケあり女子《じょし》がやってきた件《けん》。

2022年9月25日　初版発行

著者　小宮地千々《こみやじちぢ》

イラスト　Re岳《れたけ》

発行人　子安喜美子

装丁　森昌史
DTP／校閲　株式会社鷗来堂

印刷所　株式会社エデュプレス

発行　株式会社マイクロマガジン社
〒104-0041　東京都中央区新富1-3-7　ヨドコウビル
［販売部］TEL 03-3206-1641／FAX 03-3551-1208
［編集部］TEL 03-3551-9563／FAX 03-3297-0180
https://micromagazine.co.jp/

ISBN978-4-86716-335-1 C0193